ONZE

BERNARDO CARVALHO

ONZE
Uma história

3ª reimpressão

COMPANHIA DAS LETRAS

Copyright © 1995 by Bernardo Carvalho

Capa:
Silvia Ribeiro

Foto da capa:
Shikanosuke Yagaki

Preparação:
Márcia Copola

Revisão:
Eliana Antonioli
Cecília Ramos

Os personagens e as situações desta obra são reais apenas no universo da ficção; não se referem a pessoas e fatos concretos, e sobre eles não emitem opinião.

Dados Internacionais de Catalogação na Publicação (CIP)
(Câmara Brasileira do Livro, SP, Brasil)

Carvalho, Bernardo, 1960-
    Onze : uma história / Bernardo Carvalho. — São Paulo : Companhia das Letras, 1995.

    ISBN 85-7164-438-1

    1. Romance brasileiro I. Título.

95-0249   CDD-869.935

Índices para catálogo sistemático:
1. Romances : Século 20 : Literatura brasileira 869.935
2. Século 20 : Romances : Literatura brasileira 869.935

2006

Todos os direitos desta edição reservados à
EDITORA SCHWARCZ LTDA.
Rua Bandeira Paulista, 702, cj. 32
04532-002 — São Paulo — SP
Telefone (11) 3707-3500
Fax (11) 3707-3501
www.companhiadasletras.com.br

À memória do meu pai

ÍNDICE

Parte um   O SÍTIO   *9*

Parte dois   OS GRITOS DO RIO DE JANEIRO   *55*
 1. oaeooeoe   *57*
 2. O país do dinheiro   *80*

Parte três   A CAUSA   *93*
 1. A fotógrafa   *95*
 2. Um dos herdeiros   *116*
 3. Os órfãos   *130*
 4. Os idênticos   *138*
 5. O contrato   *145*
 6. O aeroporto   *157*

Apêndice   DUAS GUERRAS   *167*

Parte um
O SÍTIO

1

    Quando caiu a noite de estrelas que envolveu todo o sítio, eles estavam sentados à mesa, Gui correu até a cozinha para pegar os fósforos e acender as velas, quatro ao longo da mesa de onze, e Dulce gritou da cabeceira oposta à de Nina, porque aqui as extremidades foram reservadas às mulheres, que não se esquecesse de trazer também o pão, que ela havia deixado no forno, esquentando no forno, porque tinham dispensado Marta, a mulher do caseiro, era melhor assim, sentiam-se mais à vontade, e Álvaro sorriu, porque era a primeira vez, ainda sentia-se pouco à vontade com os costumes da casa, tentava reconhecê-los em entonações, movimentos, expressões, como se deslocavam em torno da mesa de ipê velho, antes de se sentarem, o que disseram, o que acharam da montagem da Tempestade por Mário, que agora não falava mais com ele, depois de terem sido mais ou menos amigos, Mário que se tornou mais um pedante, e sua mulher, a bela Adriana, que Álvaro tinha namorado aos doze anos sem que ninguém ali soubesse, se é que se podia chamar aquilo de namoro, quando eram duas crianças ainda, e talvez fosse essa a razão (Álvaro sabia qual era a razão) de Mário não tê-lo convidado para a estréia no parque, quando toda a cidade compareceu, menos ele, ele lembrava, enquanto olhava para os outros em torno da mesa, queria saber o que tinham achado da montagem, mas não tinha coragem, iam logo dizer que era inveja se perguntasse, estaria escrito na sua cara o despeito, o que era um fator suplementar de constrangimento, e a cada instante que não falava, hesitava numa frase, pensava duas vezes, descobria uma nova razão para continuar quieto, um novo fato da coleção de histórias que guardavam os proprietários daquela casa, sem que ele jamais tivesse imaginado, que Adriana tinha arrebentado o velho jipe numa árvore, por exemplo, a dois quilômetros da casa, anos atrás, e Nina, que era sua maior amiga naquela época — depois se afastaram, sobretudo depois que Adriana teve um caso com o pintor holandês e do processo que o ex-marido de Nina moveu contra ele — e a tinha convidado, assumiu a responsabilidade, foi dizer ao pai que tinha batido com o carro na árvore, e levou uma surra na frente da amiga, que ainda não era atriz, e agora Nina contava rindo, mas na época chorou, jurou que nunca mais pisava no sítio depois de apanhar do pai, até a mãe, Alice, que estava bem na frente de Álvaro, atrás de um dos quatro castiçais, separar-se dele, o que não tardou, aquele casamento não podia durar mesmo, disse Gregório, o amigo de Rodolfo, de brincadeira, com a mão no ombro de Alice, e ela riu, disse que pelo contrário já tinha sido uma eternidade o tempo que havia durado, e Nina riu, Álvaro riu também, menos por consciência de causa do que para participar, não tinha participado de toda a separação, como Antonio, à direita de Dulce, que teve de consolar Alice durante quase um ano, teve de segurar a barra quando ela quis se matar, porque era psiquiatra, e agora ria, ou Trudi, a advogada à esquerda de Alice, que conseguiu fazê-la ficar com o sítio e o apartamento da Gávea, se não fosse por ela, o marido teria ficado com tudo, disse o irmão de Alice, Rodolfo, entre a sobrinha, Nina, na cabeceira, e o sobrinho, Rubens, que tinha convidado Álvaro para o fim de semana no sítio, Álvaro que continuava observando, tentando decifrar o que estava por trás, quem tinha sido amante de quem, ou ainda era, justamente quando Gui, que agora estava com Lilian e por alguma razão parecia fazer realmente parte da família, ser mais íntimo que um convidado, o que Álvaro ficou sem saber até depois do jantar, quando perguntou a Rubens quem era Gui e ele respondeu que tinha sido namorado durante anos do tio, Rodolfo, mas o tinha largado pela Lilian, que Álvaro tinha achado adorável, à sua esquerda, uma moça muito falante, interessada e simples, que levantou os olhos e sorriu justamente na hora em que Gui voltava da cozinha com os fósforos e uma cesta de pão e propunha que brincassem de morto depois do jantar, o que para Álvaro soou estranho, talvez fosse um vocabulário local, até Rubens lhe explicar que era uma forma um pouco mais sofisticada de esconde-esconde, uma velha tradição familiar nos fins de semana no sítio.

2

Álvaro correu para onde quer que fosse, se não conhecia o terreno de que adiantava escolher para onde ir?, correu à deriva, respeitando as regras, é claro, a casa e um raio de aproximadamente cem metros em torno dela, onde achasse um lugar que lhe conviesse para se esconder, como os outros, em desabalada correria, um para cada lado e às vezes trombando para o mesmo lado, cobiçando o mesmo esconderijo, principalmente quando já estavam familiarizados com o terreno e a casa, enquanto Gui contava até cinqüenta, com os olhos vendados, como tinha sido decidido na sorte, e ele pareceu acatar de bom grado o desígnio de morto, morto-vivo, que sairia à procura dos outros, vagando como um espectro na noite estrelada do sítio, mais estrelada ainda agora que tinham apagado todas as luzes, todas as velas e os lampiões a gás, e eram como vultos desaparecendo entre árvores e cadeiras, pelos quartos e pelas salas, vultos negros correndo até ele acabar de contar, até cinqüenta, iam correr até cinqüenta, até encontrarem um lugar onde permaneceriam até ele tocá-los, se é que os tocaria, iam morrer nessa hora, ficar como ele e sair procurando os outros, que ainda estariam vivos e não reconheceriam os novos-mortos quando os encontrassem, buscassem o conforto de uma solidariedade, que era bom encontrar alguém depois de tanto tempo sozinhos, tanta excitação para evitar o morto, mas logo descobririam que tinham sido traídos pela própria cegueira, porque os vivos, os que restaram, nunca reconhecem os novos-mortos, acreditam que eles também ainda estejam vivos, até eles sorrirem, até uma expressão mais cínica do morto, um riso sarcástico, um toque mais forte no braço, quando os que restaram vivos se dão conta de que foram traídos pela precariedade de sua própria perspicácia, tão fugaz, e estão mortos também, ou morrendo, só lhes resta agora sair atrás de outros vivos, para repetir o que lhes aconteceu assim, inesperadamente, deviam ter desconfiado, é um jogo onde não se deve confiar em ninguém, pois nunca se sabe quando se vai encontrar um morto, nunca se sabe quem está morto e quem ainda está vivo, e se não se desconfia, morre-se também, muito rápido, sobrevém a morte súbita, sem sobreaviso mas com tempo suficiente para o sobressalto, para que se reconheça o erro, o equívoco de não ter reconhecido um morto, de ter tomado o que já estava morto por vivo, era esse o jogo, esperar e se surpreender, mas já ir morrendo de excitação durante a espera, atrás de uma árvore, que era o mais óbvio, ou mesmo debaixo da mesa, que não deixava de ser cômico, sobretudo quando se pensava estar sozinho até esbarrar em mais alguém ou descobrir, às gargalhadas, quando os olhos se acostumavam com a escuridão, que a concentração humana debaixo da mesa era bem maior do que jamais se tinha imaginado, como foi o caso de Álvaro, ao sentir a mão de Trudi, a advogada, tateando o seu rosto, em busca de reconhecimento, e rir sem graça mas não ter retorno, não ouvir nada do outro lado e congelar por dentro, sua sorte sendo a de que Gui ainda contava em voz alta, não tinha chegado a cinqüenta, e não podia ser o morto então a seu lado, era um vivo fazendo-se de morto para assustar os outros, o que não é raro também, e ele saiu correndo, arriscou sua última chance, saiu de baixo da mesa, quando Gui já estava nos quarenta, e correu para fora da casa, quanta inexperiência!, quando já nada mais se movia, todos tinham achado os seus lugares, correu, correndo o risco de ser o primeiro morto, para fora da casa e para a imensidão da noite estrelada.

3

Primeiro há um grande silêncio e depois surge um primeiro grito e percebe-se que alguém caiu, mas se não há grito é pior, pois fica-se na dúvida, pode ser que haja novos mortos, pode ser que não, e se não gritaram é porque estavam longe, mas pode ser também porque vão ser mortos competentes, já se aliaram ao morto, vão executar com zelo a tarefa de buscar os vivos, não gritaram porque sabem que já estão mortos, é tarde demais para gritar, e se ninguém ouvir suas vozes, seus gritos, nunca saberá que morreram, mas ali não houve gritos, ninguém ouve gritos, tão estranho, Álvaro achou, pois Rubens tinha lhe explicado que haveria gritos, os gritos fazem parte, são inevitáveis, quando explode a excitação concentrada em todos aqueles minutos à espera de alguma coisa, sozinhos, absolutamente sozinhos, sem poder confiar em ninguém e cada vez menos com o decorrer do tempo, pois maior é a chance de novos mortos, que eles mal imaginavam, e ali essa solidão se prolongou, porque não houve gritos e cada um sentiu sozinho o gosto daquele pequeno terror, a pele se eletrizando, depois a carne, por vezes começando a tremer para dentro, eletrizar-se para dentro, e nada mais compreensível que um grito quando sentissem o toque de qualquer mão, tal era a expectativa da espera, um grito de horror e alívio, uma descarga elétrica do que cada um acumulava sozinho em seu canto, Nina dentro do baú no sótão, que já não era a primeira vez e nunca a tinham descoberto, era sempre a última, a única a restar viva para sempre, uma segurança que de certa maneira a incomodava, pois só aparecia de volta na sala quando todos já estavam sentados, contando piadas e apenas ela não tinha sido avisada de que o jogo tinha acabado — mas como podiam avisá-la se não faziam a menor idéia de onde podia estar e ela, porque era seu trunfo, não podia mesmo revelá-lo? —, mas desta vez ainda nutria a dúvida, a possibilidade de ser encontrada finalmente pelo morto, de ter o desafio de seu esconderijo correspondido pela malícia do morto, que viria beijá-la para a morte, mantinha a expectativa que era a única razão de jogar, assim como Dulce no seu quarto, que era sempre o que lhe ocorria, o mais seguro era o seu próprio quarto, e não havia um só morto que não soubesse onde ela podia estar, e por isso mesmo a esqueciam, a deixavam por último, porque não tinha graça, por sua escolha ela já vivia morta desde o início da brincadeira, não tinha graça, mas ela não percebia e ninguém dizia nada também, sempre podiam recorrer a Dulce quando se encontrassem em dificuldade, se demorassem muito a descobrir os outros, podiam ir ao quarto de Dulce, pois o jogo tinha um tempo também e o morto não podia ultrapassá-lo, tinha de transformar os vivos em mortos em meia hora, um a um, que se tornavam aliados, o que Alice mais detestava, tornar-se aliada do morto, que fosse pelo menos a última a ser encontrada se não podia ser como a filha, que nunca morria, devia pensar em esconderijos mais inteligentes e não em ficar atrás da porta da cozinha, como era o caso desta vez, simplesmente atrás da porta da cozinha, porque no meio da correria tinha sentido um vazio, uma falta de objetivo, tinha ficado no meio do caminho indecisa e quando viu já era tarde, atirou-se ao primeiro esconderijo, ao contrário de Antonio que, muito provavelmente em reação à teimosia persistente de Dulce, sua mulher, em escolher o próprio quarto, como todo mundo sabia, arquitetava durante toda a viagem entre o Rio e o sítio, subindo a serra ou ainda na Baixada, uma nova estratégia, e desta vez tinha entrado dentro do próprio carro, o que não deixava de ligá-lo de alguma maneira à idiossincrasia da mulher, mas de uma forma um pouco mais sofisticada, era um *private joke* que o morto dificilmente pescaria, ou ainda Rodolfo, que se sentou em uma poltrona e se cobriu com o lençol que a cobria para evitar a poeira, ou Rubens se arrependendo debaixo da mesa de bilhar pela falta de imaginação e Lilian que se trancou na despensa e só então pensou que o fato de trancar-se talvez fosse uma violação das regras, o que a deixava mais imune que Álvaro pelo menos, ainda correndo pelo gramado quando Gui dizia quarenta e oito, quarenta e nove, e que, na falta de opções, jogou-se atrás de uma árvore, o que ninguém mais fazia, ninguém com um mínimo de experiência no jogo, um handicap que de certa forma lhe dava alguma vantagem, pois ninguém, nenhum morto ia pensar que alguém ainda pudesse ser tão estúpido para ficar atrás de uma árvore, tão a descoberto, ainda mais quando aparecessem outros mortos, seria a presa mais fácil, mesmo se também houvesse imbecis para ficar debaixo da mesa, e da mesa de bilhar, mesmo estes evitavam as árvores, mas Álvaro não tinha escolha, seu coração tinha disparado, estava ofegante e se surpreendeu quando viu um vulto, que só podia ser o do morto — Gui passando por ele

—, sem nem ao menos se dar conta daquela respiração descontrolada, que era óbvia, qualquer um ouviria sua respiração, o morto passando direto, continuando reto até uma outra árvore, onde ninguém ia se esconder, era óbvio, só um idiota, e quando seus olhos começaram a se acostumar com a escuridão, Álvaro viu que o morto tinha parado atrás da árvore a sua frente, onde já estava escondido um outro vulto que, em vez de gritar, beijou o morto, e era essa a razão de tão longo silêncio.

4

Quando Álvaro se deu conta da luz do sol que entrava por sua janela, já era tarde, ele se levantou correndo e saiu pela casa vazia, viu a mesa do café desarrumada, com uma última xícara intacta, a sua, migalhas de pão espalhadas por todo lado, café derramado na toalha de linho branco, sentiu-se perdido, até cruzar com Marta, a mulher do caseiro, na cozinha, ouvir ela dizer que estavam todos na represa e, ao perguntar onde era, receber como resposta um beiço esticado para leste, para onde rumou, com uma toalha e um calção nas mãos, atrapalhado, sem saber se era assim, se devia levar uma toalha e um calção ou o quê, caminhando pela terra vermelha, passando pelo curral, as estrebarias, o pomar, perseguido por um vira-lata por uns poucos metros, até avistar a água enorme, cobrindo tudo, e ouvir os ecos dos gritos dos banhistas, gritos que não tinha ouvido na noite anterior e ecoavam pelo vale, gritos de alegria e o estrondo de um mergulho n'água, sem que visse nem um corpo, ninguém, e o primeiro que viu, enquanto descia a estradinha, foi Rodolfo, sentado na pedra, passando óleo nas costas de Trudi, e Nina sentada numa bóia no meio da represa, gritando, até ser derrubada pelo irmão que surgiu de repente debaixo d'água e agora levava murros da irmã e tentava fugir com a bóia, Álvaro viu Gui e Lilian surgindo do meio das árvores, na outra margem, com cestas de palha, colhendo limões-galegos, Trudi conversando com Alice, e Gregório boiando de costas, desceu pela estradinha de terra vermelha e, antes de chegar à margem, Nina lhe estendeu o braço em saudação do meio da represa e todos olharam para ele, Trudi levantou os óculos escuros, Alice torceu o tronco, e Rodolfo parou de passar óleo nas costas de Trudi e colocou a mão sobre os olhos, evitando a luz do sol, Gui e Lilian pararam de colher limões-galegos, Gregório, sentindo as pernas afundarem, e depois de receber uma pequena onda sobre o rosto, o que o desconcentrou totalmente, voltou à posição vertical e passou a mão nos olhos, todos olhavam quando Álvaro gritou Ei!, pisou numa pedra, escorregou e desceu sentado o que lhe restava para chegar à margem, Nina colocou a mão na boca para não rir, mas Trudi caiu na gargalhada mesmo e depois ficou culpada, porque se ele tivesse se machucado não teria sido engraçado, mas não houve nada, se ele ficou roxo foi só de vergonha, agora que todos já riam à vontade e pediam desculpas por estarem rindo, agora que retomaram suas conversas, o que diziam, o que teriam que fazer no dia seguinte, mais uma segunda-feira, quando voltassem ao Rio, e Nina continuava girando, sentada na bóia — tinha voltado à bóia —, girava sem participar daquilo tudo, e era provável que nem ouvisse, com a cabeça jogada para trás e o rabo-de-cavalo dentro d'água, sob os olhos de Álvaro — que era tudo o que ele via — se enrolando na toalha e colocando o calção ali mesmo, perguntou se estava fria e Gregório saindo da represa gritou que estava uma delícia, era só o primeiro choque, depois de mergulhar, o que Álvaro fez de repente, depois de correr pela pedra, mergulhou até o fundo e desapareceu, Gregório virou-se para trás, para vê-lo emergir a uns três metros da bóia de Nina, que não o viu, estava de costas com a cabeça caída dentro d'água e os olhos fechados para o sol, que ela abriu ao ouvi-lo se aproximar, e sorriu.

5

Quando Rodolfo disse que ia buscar lenha para o fogão — mas não precisava; Trudi chegou a dizer que já tinham o suficiente —, quando ele se levantou, de repente, no meio da conversa, como se estivesse cansado de tudo aquilo, Gui disse que ia também e Rodolfo o olhou espantado, Lilian olhou para ele também e tentou logo sorrir por outra coisa qualquer, falou de outra coisa, porque sua expressão desmoronou, Alice percebeu muito bem e olhou para Trudi, que já esperava o olhar da amiga e sentiu que devia tomar a dianteira, disse que estava tarde, precisava de um banho, não teve coragem de dizer nada a Lilian, ninguém teve coragem de dizer nada a Lilian, que tinha tentado iniciar um outro assunto, mas não foi feliz, nem podia, ninguém lhe pedia isso, queriam apenas diminuir o mal-estar, que Gui simplesmente ignorou, levantou-se e disse que ia ajudar Rodolfo com a lenha para o fogão, e saiu atrás do ex-amante, deixando aos outros o peso do constrangimento, porque nem conheciam Lilian direito mas sentiram que para ela não era fácil, não conseguia esconder o choque, a expressão despencada, pôs-se a pentear o cabelo, cada vez com mais força, por cima do rosto, como uma piada, tentando puxar algum assunto, falou do que deviam dizer os jornais, que Antonio e Dulce tinham ido buscar na cidade, sobre a história do aeroporto de Paris, que Gregório já tinha comentado longamente na véspera, com riqueza de detalhes, porque tinha ouvido no rádio do carro, enquanto passavam pela Baixada, e agora ela só repetia o que tinha ouvido ele falar, como se estivesse raciocinando por conta própria, o que tornava tudo ainda mais constrangedor, a tragédia do aeroporto de Paris, o desaparecimento daquelas pessoas inocentes, continuava Lilian tentando conter as lágrimas, enquanto Nina e Álvaro continuavam no meio da represa, ela sentada e ele com os braços cruzados em cima da bóia, tinham perdido a cena, que Gui talvez não tivesse tido a coragem de provocar na presença de Nina, que o conhecia tão bem, ele sabia que ela poderia desarmá-lo, fosse só com os olhos, um olhar apenas seria suficiente para desarmá-lo, mas não só ela, Gui esperou que Rubens e Gregório fossem à sauna, esperou o momento exato para agir, mesmo se já tivesse feito outras provocações, até na frente de Gregório, que ele ainda não tinha entendido quem era, não sabia se era apenas um amigo de Rodolfo, apresentado por Alice, ou mais, e por isso fazia todo o tipo de insinuações e esperava a reação dele, que não vinha, Gregório permanecia impassível, o que deixava Gui louco.

6

Com os braços em cima da bóia, Álvaro perguntou a Nina se nunca mais tinha encontrado Adriana e ela primeiro se surpreendeu com a pergunta — não sabia que a conhecia —, depois achou que ele devia ser apenas mais um fã da ex-amiga e disse que com o caso do pintor holandês, que todos os jornais noticiaram, ele devia saber, ficou mais difícil, quase impossível, para as duas voltarem a ser amigas, porque o destino as colocou em campos opostos, e que antes da estréia da Tempestade no parque, quando viu que não seria convidada — ela também, ele pensou —, tinha decidido não ir ao camarim se porventura fosse assistir à montagem, o que também não pretendia fazer, mas cedeu depois que um grupo de amigos insistiu muito, e sobretudo depois de assistir à peça, não conseguiu não ir ao camarim, mesmo se corresse o risco de encontrar Mário no caminho, mesmo assim, ficou emocionada ao ver Adriana como Miranda, estendida a seus pés, porque por um acaso tinha ficado na primeira fila da arquibancada improvisada no meio do parque e achou que a amiga a tinha visto ali, sentada na primeira fila, e não ficaria bem não falar com ela depois, ainda mais porque tinha ficado tão emocionada, tinha achado que ela estava perfeita, mesmo não sendo um grande papel, estava exuberante, nunca a tinha visto tão linda, quase nua, e olhou bem nos olhos de Álvaro enquanto dizia isso, mas ele os desviou para dentro da represa, olhou para o fundo da represa, o escuro das águas, só para não olhar os olhos castanhos de Nina, que disse que foi ao camarim depois da peça e teve a impressão de que Adriana já a esperava mesmo tendo feito cara de surpresa quando a viu, como se não soubesse que ela estava na platéia, como se não a tivesse visto, o que era uma grande farsa, e Nina notou pela primeira vez, com uma certa decepção, que Adriana tinha se tornado uma verdadeira atriz, como tanto queria, uma atriz profissional, que tem altos e baixos, e aquele encontro no camarim era sem dúvida um ponto baixo na carreira dela, um momento de menor envergadura, o que deixou Nina triste, na verdade achou que ambas tinham ficado tristes, por isso só a cumprimentou, a abraçou e rasgou todos os elogios mais sinceros do que tinha achado da montagem e principalmente dela, como estava linda, depois saiu do camarim enquanto chegavam hordas e hordas de amigos e admiradores, tentou sair dali o mais depressa possível se espremendo contra os que chegavam e, a certa altura, naquele corredor escuro e estreito que levava de volta ao palco e à platéia, olhou para trás, para a porta aberta do camarim iluminado e viu que, enquanto abraçava alguém, um homem que a cumprimentava, Adriana tinha perdido por um instante o sorriso com que recebia a todos e olhava para a ex-amiga também.

7

O problema dos atores de Mário é que eles gritam muito, teria dito alguém, ou era apenas a cabeça de Álvaro deitado na pedra, com os olhos fechados para o sol, e ele os abriu só para identificar quem teria dito aquilo, de fato o interessava, levantou a cabeça e colocou uma das mãos contra o sol para se certificar, mas estavam falando de outra coisa, de Dulce e Antonio, que não voltavam — teria sonhado? —, estavam apenas Trudi, Alice e Lilian a seu lado, e Trudi levantou-se, como se quisesse avistar ao longe um carro voltando na estrada, que dali nunca se viu, disse que ia falar com Rubens, que estava na sauna com Nina e Gregório, talvez um deles tivesse uma idéia ou pudesse pegar um dos carros e sair pela estrada até a cidade, porque não havia motivo para não estarem de volta, Dulce e Antonio, se tinham ido apenas pelo jornal, e foi exatamente o que disse Rubens quando Trudi abriu a porta da sauna e falou de sua preocupação, ele riu e disse que ela só pensava no jornal, devia relaxar durante o fim de semana no sítio, afinal podia ficar um dia sem ler o jornal, tentar esquecer o resto, as notícias, os horrores da imprensa, as mortes, os extermínios, a tragédia do aeroporto de Paris, "Você quer a lista de mortos, saber a história de cada um, e se conhecia algum daqueles brasileiros que esperavam o vôo, está precisando lamentar a morte de alguém, quer descobrir a causa de tudo, não é, Trudi?", ele disse e ela saiu dali furiosa e decidida a não se preocupar mais com os outros, se era para ser tratada desse jeito, como uma velha assustada e ranzinza, como vinha se sentindo desde que perdeu o caso do pintor holandês, desde que todo o Rio de Janeiro comentou o desfecho daquele processo, e ela tomou como se fosse fracasso seu, quando no fundo sabia que aquele caso era um absurdo desde o início, o que não justificava seu erro, tinha aceitado por causa da família, de Alice principalmente, mas o que o ex-marido de Nina pretendia após tudo o que tinha acontecido com o pintor holandês?, o que esperava ainda?, recuperar o dinheiro da aposta?, o que já era por princípio um absurdo, mas mesmo se insistisse que tinha direito àquele dinheiro, pretendia recuperá-lo de quem?, quando Alice veio procurá-la com aquela história, ela logo viu que se tratava de um absurdo, podia ter recusado, mas se sentiu na obrigação de servir àquela família, como vinha fazendo havia anos, entrou com o processo para que o ex-marido de Nina recebesse o dinheiro da aposta, a que tinha direito, é lógico, tinha papéis assinados pelo pintor, o absurdo era a própria aposta, mas isso ninguém ali via, talvez Rubens, que já na época ironizou todo o processo, um erro crasso, onde ela estava com a cabeça quando aceitou?, aquilo sim tinha sido um escândalo, tinha sido um enorme bafafá, e quando percebeu que estava tudo perdido, desde o começo já estava tudo perdido, era tarde demais, e agora, ao sair da sauna tendo que agüentar ainda por cima a ironia de Rubens, sentiu que talvez ele tivesse razão, porque foi o único a não endossar aquele processo louco, ninguém ali comentou quando tudo foi por água abaixo, não abriram a boca, só Rubens, e agora, saindo da sauna, ela voltou a sentir que tinha sido levada, como quando saiu da corte pela última vez no caso do pintor holandês, foi levada por seus próprios sentimentos, sua fidelidade àquela família, que calou, à exceção de Rubens, calou quando ela perdeu e quando sua carreira começou a sofrer as conseqüências, calaram porque foram responsáveis também, mas faziam como se não fossem, como foi burra, cedeu aos pedidos de Alice e de Nina, que pensava estar ajudando os próprios filhos ao lutar pelo dinheiro da aposta, a que o exmarido tinha direito, pelo menos dentro do pacto absurdo que firmou com o pintor holandês, e saindo da sauna agora, furiosa, Trudi parecia concordar que, com aquele processo, tinha selado o fim de sua carreira.

8

Rubens ficou rindo dentro da sauna, mas quando Nina e Gregório disseram que não estavam mais agüentando e saíram para a ducha e a represa, ele ficou sério, sua expressão caiu, enquanto o suor brotava e escorria do cabelo, da cabeça, dos braços, das pernas e dos pés, e se lembrou da última coisa que Ade havia dito, ao telefone, antes de saírem do Rio no sábado à tarde, disse que tinha desistido, não iria ao sítio e ele nem perguntou por quê, porque já tinha entendido, tinha levado tanto tempo para entender, tinha tentado não ver o que era óbvio, que tinha acabado, não tinham se esforçado o bastante, nenhum dos dois, num momento difícil, nem ele nem ela souberam ceder, era o que ele pensava na sauna, já quase desmaiando, morto, ia agüentar mais, ia agüentar até o fim, quando todo o corpo tivesse se esvaído em água, não pensou que seria abandonado assim, se pelo menos tivesse sido ele a dar um basta àquela situação que, todos viam, era insustentável, mas não, foi Ade, foi ela que tomou a iniciativa, sem ao menos preveni-lo, pelo telefone, quando as malas já estavam no carro e os outros esperando, deixaram para pegar a estrada mais tarde, para evitar os engarrafamentos, por que não disse antes?, tentava ter raiva de Ade, quando na verdade a raiva era de si mesmo, que tinha deixado tudo chegar a esse ponto, por acomodação provavelmente, e covardia, queria se esvair em água e se limpar da raiva, do arrependimento, da covardia, queria se limpar de tudo na sauna, de Ade, que estava mais presente do que nunca, voltou a senti-la como indispensável, só porque foi rejeitado, nem isso, ela apenas tinha sido clara, tinha enfrentado a realidade, não podiam continuar daquele jeito, todo mundo via, mesmo se não dissessem, Alice chegou a falar com ele uma vez, inutilmente, chegou a dizer-lhe que era óbvio, estava tudo acabado, e aquilo o irritou tanto, aquela mulher que por ser mãe se achava no direito de opinar onde não fora chamada, adiantando-se à demanda, e daí para a frente ninguém mais falou nada, nem Alice, que se calou, sentiu-se humilhada por ter falado e ter sido tratada em seguida daquela maneira, porque era orgulhosa também, mesmo sendo mãe, decidiu que não tocaria mais no assunto, e o filho que resolvesse, mas foi Ade que resolveu, pegando Rubens de surpresa, burro, burro, ele pensava na sauna, sentindo um princípio de tonteira, sentindo-se ligeiramente mal, o corpo pedindo para sair e ele decidido a ficar até o fim, até se limpar de tudo o que tinha ficado para trás mas ainda o intoxicava, toda aquela água que tinha decidido perder pingava por pernas, braços, pela cabeça, como se estivesse debaixo de um chuveiro, que aquela água não era mais sua, era exterior, estava sendo despejada em cima dele e quanto mais ficasse mais água haveria, água que não acabava mais, quando seu propósito era secar de vez tudo o que pensava, murchar o cérebro até não sentir nem pensar mais nada, todos os anos com Ade, pensou e fechou os olhos e quando os abriu estava do lado de fora, deitado no chão, cercado por Alice, Trudi, Gregório, Álvaro e Nina, que lhe estapeava o rosto.

9

Não tinham caminhado ainda quinhentos metros quando Gui segurou Rodolfo pelo ombro e tentou beijá-lo, mas Rodolfo, fechando os olhos, virou ligeiramente o rosto, o máximo que conseguiu, a maior reação que podia ter ali, e deixou-se beijar na bochecha mas não na boca, o que para ele já era muito, ainda mais porque Gui insistia, era na verdade um fraco, precisava ter tudo, não queria perdê-lo mesmo se já não o quisesse mais, porque tinha de fato se apaixonado por Lilian, era o que dizia e manifestava, ou talvez quisesse apenas brincar com ela, com os sentimentos alheios, pensava Rodolfo, sem ter forças suficientes para dizer não, deixava-se enredar no que obviamente não teria desfecho, disse não baixinho, como se não quisesse no fundo que Gui ouvisse, dissesse só para si mesmo, uma espécie de não-oh!-céus!, um não que era sim, constatação de que tinha caído, não ia resistir, mas de repente — não foi nem pensamento — livrou-se da mão de Gui com toda a força, deixando-o perplexo, de forma que ainda tentou esboçar para Rodolfo um sorriso sarcástico de quem domina, para manter o controle nem que fosse na expressão, porque achava que Rodolfo ainda estava desesperado, apostava tudo nisso, era sua última esperança, que ele ainda estivesse desesperado, e de fato estava, mas alguma coisa que nem era pensamento tinha decidido que não, Gui sorriu e disse o que é isso?, você não me ama mais?, porque tinha certeza de que o outro amava, estava tentando resistir mas amava, e mesmo se não quisesse ali não ia conseguir dizer que não amava, porque amava, mas dessa vez Rodolfo não disse nada, não respondeu, continuou andando e Gui atrás, você não me ama?, ia insistindo cada vez com mais segurança já que não recebia resposta, achava que era sinal de que Rodolfo não podia dizer não, estava encurralado no sim, ia ter de acabar falando, como das outras vezes, e Gui correu até ele, o abraçou e beijou, e mais uma vez, depois de cair por um segundo, amolecer, alguma coisa que não era nem pensamento tirou Rodolfo dali, com violência, deixando Gui ainda mais surpreso, desconcertado dessa vez, começando a ficar nervoso, indignado, de maneira que nem disse mais nada, parou e ficou olhando Rodolfo também parado uns passos mais à frente, com a cabeça caída e as pernas bambas, ficou olhando, fulminando com os olhos, de raiva, esperando que ele começasse a gritar, a chorar, a dizer que não agüentava mais, que o amava, o amava, por que fazia aquilo com ele?, era o que Gui queria ouvir mas não veio, Rodolfo não disse nada outra vez, era então sinal de que estava se libertando daquele círculo?, ou que tinha chegado ao limite do desespero e não conseguia dizer mais nada, ia se matar, não conseguia mais viver daquele jeito?, porque há um momento do desespero em que não é mais possível falar e as decisões já estão tomadas, como havia acontecido com a irmã, Alice, e talvez fosse o caso ali, era o que Gui tentava acreditar, sem na verdade estar convencido, inchando de uma raiva concentrada que não podia manifestar, porque senão seria ele o fraco, seria reconhecer que tinha perdido, calou com os olhos prontos para saírem de órbita, vibrando, não podia conceder que estivesse perdendo, devia ser aquele Gregório, aquele imbecil, o que tinha vindo fazer no sítio?, aquele idiota que ele beijou atrás da árvore, na noite estrelada da véspera, enquanto brincavam de morto, por engano, certo de que era Rodolfo, mas não, era Gregório atrás da árvore, um aliado que ele não queria, o primeiro que ele achou, pensando que seria Rodolfo atrás da árvore, porque tinha roubado — e mesmo assim se enganou —, tinha olhado para trás quando devia estar contando até cinqüenta, só para saber aonde tinha ido Rodolfo, e achou que era para trás de uma árvore, mas não era, atrás das árvores tinham ficado Gregório e o amigo de Rubens, Álvaro, mas não Rodolfo, que estava na cara de Gui, sentado na poltrona, debaixo do lençol, e Gui passou por ele achando que era outro qualquer, que não lhe interessava já que estava tão obcecado em encontrar Rodolfo e beijá-lo, que era toda a razão da brincadeira, por que tinha roubado na sorte e proposto brincarem de morto ainda durante o jantar, o que na verdade não faziam havia mais de um ano, embora fosse uma tradição no sítio, desde que Nina e Rubens eram pequenos e Alice ainda não esmurrava o marido na frente de quem fosse, bêbada, como na primeira noite em que ele, Gui, foi convidado, logo depois de ter conhecido Rodolfo, e ela se irritou com o marido, só porque ele tinha dito que ia descer mais cedo, porque tinha coisas a preparar no Rio, coisas a fazer no escritório, disse que tinham de estar prontas antes de segunda, e ela enlouqueceu, depois de um momento de contenção, antes de pular em cima do marido aos safanões, depois de um momento de ódio profundo, irracional, sem que ninguém esperasse, como também ele ali, Gui, antes de avançar para cima de Rodolfo aos socos e pontapés.

10

Um, dois, três e quatro, um, dois, três e quatro, Lilian retomou o flamenco no quarto, enquanto os outros continuavam na represa, para tentar esquecer que estava ali, naquele inferno, por que tinha aceitado vir ao sítio?, e agora não podia nem ir embora, veio no carro de Gui, se pudesse desaparecia, se houvesse um ônibus, mas pedir que a levassem à cidade só causaria ainda mais perturbação e a colocaria no centro das atenções, o que ela queria evitar a qualquer preço, não queria que vissem o transtorno de sua expressão (estaria louca?), que já era óbvio, desde que Gui se levantou atrás de Rodolfo para ir buscar lenha, mas mesmo antes, desde a noite da véspera durante o jantar, quando um tinha sentado na frente do outro e ela do outro lado da mesa, desde o jogo de morto, cujo motivo ela entendeu muito bem, mas se tivesse dito teriam pensado que era louca, o que pretendia evitar a qualquer preço, por isso voltou para o quarto e retomou o flamenco, tentando esquecer tudo aquilo, o que mais temia, que fosse hereditário, coisa de família, como a tia que chegou a tocar fogo nas cortinas do apartamento e agora vivia sob remédios, tinha enlouquecido aos poucos desde que o filho desaparecera, seu primo, de quem logo se lembrou quando ouviu Gregório falar na tragédia do aeroporto de Paris, lembrou, por loucura, porque tinha se tornado uma obsessão, sempre que falavam de Paris era o nome dele que lhe vinha à cabeça, Jorge o nome do primo que desapareceu durante a repressão e um belo dia foi visto vagando pelas ruas em Paris, vestido como um mendigo, louco ele também, depois de terem enterrado um corpo no lugar do dele no Brasil, mas agora Lilian só tentava esquecer, era o que mais temia, não era louca, não era louca, queria lembrar as marcações, mesmo sem a música, um, dois, três e quatro, batia com os pés no chão, descalça, já que não havia trazido os sapatos próprios, batendo a sola dos pés ainda molhados da represa no chão, com toda a força, deixou-se levar em pensamento de volta ao dia do ensaio geral, quando lhe disseram que não tinha sido selecionada, não tomaria parte no espetáculo de flamenco, estava desconcentrada durante os ensaios, e para ela aparentemente nem tinha sido um choque receber tal avaliação, pelo menos na hora, concordou, o professor estava certo, não estava concentrada mesmo, estava apaixonada, poderia ter dito ali mesmo, na frente do grupo, já que incentivavam a mais completa entrega e abertura de uns para com os outros, poderia ter se despido como se despiam todos, no meio da sala, uns na frente dos outros, como se estivessem acostumados, fossem todos irmãos, não houvesse possibilidade de se sentirem atraídos, podia ter se despido de todos os pudores e revelado ali mesmo para os colegas de dança que estava apaixonada, mas não disse, e agora tinha a impressão de saber por quê, porque desconfiava já naquele momento que devia desconfiar, enquanto dançava, um, dois, três e quatro e batia com mais força a sola dos pés molhados, tentando se lembrar dos passos que tinha errado no dia do ensaio, porque estava desconcentrada, mas não conseguia, estava mais bruta, mais estapafúrdia ainda que no dia do ensaio geral, agora com os pés batendo no chão, errava ainda mais, errava o tempo todo, nem toda a força dos pés batendo no chão a faria esquecer, sumir, por isso parou quando as solas já ardiam, e ainda bem que ninguém a tinha visto — podiam pensar que era louca, o que pretendia evitar a qualquer preço —, parou e decidiu que falaria com Gui assim que ele voltasse com a lenha que tinha ido buscar como pretexto, ia lhe dizer direitinho o que pensava, de uma vez por todas, porque não ia deixar isso prosseguir, tinha vergonha na cara, e orgulho, ia lhe perguntar o que significava tudo aquilo que ela estava vendo, como os outros, todos estavam vendo, porque ali ninguém era cego, muito menos ela, ia dizer o que já devia ter dito desde o começo, perguntar onde tudo aquilo ia parar, e quem ele pensava que estava enganando afinal?, e dessa vez ele teria que ouvir, porque seria a última de qualquer jeito, ela não ia suportar esse tipo de relação, não era moderna, não tinha nada de moderna, e queria deixar isso bem claro, não era louca também, sobretudo isso, não era louca.

11

Álvaro olhou para Rubens no chão e depois — quando o amigo já tinha se levantado, com a ajuda dos outros, porque sua pressão tinha despencado — para o céu completamente azul, agora, azul de dar vertigem, porque era céu que não acabava mais, intenso, sem fundo, olhou para o céu e lembrou da véspera, no meio da noite de estrelas, quando viu dois vultos se beijarem atrás de uma árvore, quando deviam estar brincando de morto, todos os outros que brincavam estavam sendo enganados, era só um pretexto, mas logo viu que não, porque eram os vultos que se enganavam, os vultos que estavam se beijando, eram eles que tinham se enganado e não os outros, porque um deles, o morto, beijou e se afastou de repente, como se estivesse horrorizado com o que tinha acabado de fazer, enojado, colocou uma das mãos na cabeça e a outra no estômago — Álvaro achou que ele ia vomitar —, depois saiu andando de costas, como que se desculpando para o que tinha ficado atrás da árvore e que Álvaro não podia identificar, alguém que tinha se encolhido atrás da árvore, como se quisesse sumir, enquanto o outro já se afastava, sempre de costas, tropeçando aqui e acolá, esquecido de que era o morto, tinha uma expressão horrorizada no rosto, como se tivesse visto um morto, mas era ele o morto, e devia saber, devia ter um pouco mais de consciência, um pouco da que tomou Álvaro de repente, olhando o céu azul, agora, essa consciência completa que só se pode ter num lapso, e depois desaparece para que o pobre atingido possa também sobreviver, seguir sua vida inconsciente como toda vida tem que ser, ele pensava quando seus olhos se encheram de lágrimas olhando para o céu, lágrimas que Nina a seu lado viu e a quem ele disse que era por causa do céu, da luz, tenho fotofobia, disse, porque tenho fotofobia, repetiu, com medo de que ela pudesse pensar que fosse por outra razão, achasse que tinha a ver com Adriana, enquanto Rubens já dava os primeiros passos, e Nina a seu lado, que de repente pensou em beijá-lo — que loucura, beijar Álvaro, que ela mal conhecia! —, levantou também os olhos para o céu azul, mas nada aconteceu, não ficou com lágrimas nos olhos, e em vez de se aproximar dele e tocá-lo, que era só o que queria, limpou com a mão a calça que tinha vestido sobre o biquíni e tomou o caminho da casa.

12

Nina disse: "Você está tremendo", e Rodolfo olhou para as próprias mãos e começou a falar tão baixo que ela teve de levantar o rosto do tio com a mão para ouvi-lo, sem dizer uma palavra, ela se controlava para não dizer o óbvio, que ele conhecia Gui, sabia com quem estava lidando, não podia continuar daquele jeito, e ele disse que não podia mesmo, não via saídas, queria matá-lo agora, era tudo o que pensava, já que não conseguia reagir de outra forma, se não podia ser racional, que fosse eficiente ao menos, e matá-lo era para ele o cúmulo da eficiência, mesmo se ela estivesse rindo agora, ria não por achar graça mas porque se sentia paralisada diante do problema do tio, que não era tanto subjetivo mas objetivo, já que Gui tinha se revelado um pobre de espírito, Rodolfo já sabia, ela não precisava repetir, se queria pegar um revólver e atirar nele, devia ter feito isso na véspera, enquanto brincavam de morto, devia tê-lo alvejado, antes que pudesse se aproximar de Gregório e beijá-lo, o que surpreendeu Nina, espantada ao ouvir o que jamais tinha passado por sua cabeça, não sabia de nada, não tinha visto nada na véspera, ninguém tinha visto nada além de Álvaro, mas Gui tinha resolvido contar a Rodolfo quando se sentiu rejeitado enquanto iam buscar lenha, contou como Gregório no fundo tinha se deixado levar, tinha aceitado aquele beijo, era um falso, um volúvel, também estava em suas mãos, foi o que Gui disse a Rodolfo, mesmo Rodolfo dizendo para ele que Gregório podia fazer o que bem quisesse, não era nada dele, que era só o que Gui queria ouvir, e por isso sorriu: "Então ele não é seu namorado?", perguntou com aquele sorriso sarcástico ainda nos lábios, sorriso de quem zomba ao mesmo tempo que desconfia da resposta, o que deixou Nina mais irritada que de costume ao ouvir o tio contando, ela perguntou até onde ele pretendia deixar as coisas chegarem, o abuso de Gui, a intromissão, até quando ia ser controlado por esse imbecil, que ela pronunciou de boca cheia, de tanta raiva, como se fosse cuspir em vez de falar, porque agora o detestava mais que nunca, não suportava ver o tio daquele jeito, indefeso, e o chamou de imbecil também, tão imbecil quanto Gui, por continuar aceitando aquele tratamento, por não reagir, talvez o melhor fosse matá-lo mesmo, ela disse, porque queria assustá-lo, acordá-lo, e de fato ele arregalou os olhos ao ouvi-la, nunca imaginou que ela dissesse aquilo, e alegrou-se um pouco, sentiu alguma força, porque já não tinha nenhuma, estava pasmo e parvo com os rumos de sua própria vida, que não tinha escolhido, sentia que tudo era fraqueza a sua volta, a começar por si mesmo, e a raiva de Nina foi como um bálsamo, um rastro de dinamite, e ele se levantou, passou a mão no rosto e disse, com o peito cheio, convencido, decidido, só para a perplexidade ainda maior da sobrinha, que acabou achando que desta vez tudo estava finalmente perdido, talvez fosse preciso internar o tio, submetê-lo a algum tipo de tratamento, porque quando se levantou ele disse cheio de si: "De hoje em diante não durmo mais com ninguém".

13

Quando abriu os olhos e viu aquelas caras a sua volta, Rubens teve que se controlar para não dizer Ade, que era o que por inércia deveria dizer, já que não pensava em outra coisa, mas conseguiu interromper as sílabas antes que emergissem, produziu apenas um som gutural, e Alice se debruçou sobre ele: "O que é, meu filho? Diga para sua mãe. Você está bem, está?", e ele fechou de novo os olhos para recobrar a paciência, tomar fôlego antes de voltar ao mundo e aos que o cercavam com cara de cu, que foi o que lhe passou pela cabeça, teve raiva de todos ali, já estava com raiva desde a véspera, quando teve que brincar de morto sem vontade e foi obviamente um dos primeiros a serem descobertos por Gui, aquele outro imbecil, como sempre tinha achado sem no entanto dizer, por que os imbecis insistem em passar os fins de semana no sítio?, mesmo Álvaro, que ele próprio tinha convidado, um imbecil como os outros, se viu que Ade tinha desistido na última hora, por que continuou fazendo aquelas perguntas tontas: "Por que Ade não vem? Diga a ela que vai ser bom, ela está precisando", mas quem era ele para saber do que ela estava precisando?, e por que ficava se metendo onde não era chamado?, que foi o que passou pela cabeça de Rubens para logo se arrepender de tê-lo convidado, já na saída do Rio, na Baixada, colocou a música aos brados no rádio, para não ter que conversar com ninguém durante a viagem, por que Álvaro não veio no próprio carro?, para acalmar-se chegou a achar que estava com ciúmes de Álvaro e Nina, porque via que a irmã já vinha fazendo a corte do amigo havia dias, ao mesmo tempo em que se fazia de sonsa, quando todos sabiam muito bem o que ela era, outra imbecil, todos uns imbecis quando ele abriu os olhos e eles com aquelas caras apatetadas a sua volta, mas afinal era ele que devia estar, porque tinha apagado e nada pode ser mais irritante que abrir os olhos e dar de cara com tais caras, pelo menos quando são conhecidas como eram para Rubens, que se levantou com a ajuda dos imbecis mas logo dispensou aquelas mãos, "Para que querem me tocar?", ele nem precisou dizer para que entendessem, "Estão carentes? Vão para o inferno, para a puta que os pariu", poderia ter dito, mas não disse, aliás não dizia nada, só emitia grunhidos a cada pensamento, o que assustava ainda mais os que o rodeavam, sobretudo Alice, preocupadíssima, até não poder mais e dizer: "Você não consegue mais falar, meu filho?", para quê?, para que foi dizer aquilo?, ele a cravejou com os olhos, poderia cravejá-la de balas se tivesse uma pistola à mão naquele instante, mas não disse nada, grunhiu de novo e foi caminhando cambaleante, tonto, enquanto os outros iam atrás, em cortejo, prontos para pular em cima dele numa emergência, se caísse ou sabe-se lá o quê, e ele continuou até a beira da represa, olhou para os parvos imobilizados de tanta apreensão, fingiu que ia cair e, quando Alice levou a mão ao coração, ele olhou para ela e, pela primeira vez, riu.

14

Era tudo uma brincadeira, explicou Nina para Álvaro, que tinha voltado para a casa, depois de ter ouvido Nina falar de Adriana, do tempo em que Adriana freqüentava o sítio e as duas, adolescentes, iam até a cidade dar cavalo-de-pau com o jipe do pai de Nina, que Adriana tinha enfiado numa árvore, deixando a amiga assumir a culpa, era tudo uma brincadeira que ela soube esquecer quando precisou, durante o divórcio dos pais, quando o pai lhe disse que tinha vergonha dela, de apresentá-la aos amigos, que ela era uma mancha negra na vida dele, por aí a brincadeira acabou, perdeu a graça, já tinha acabado, mas esse foi o ponto final, a pá de cal, sobrou do sítio só a brincadeira de morto, que de certa forma era a melhor de todas, melhor que os cavalos-de-pau quando nem carteira de motorista tinham, melhor que os passeios pela reserva com os primeiros namorados, ainda mais quando havia muita gente no sítio, nas festas de São João, porque era melhor brincar no frio, nada como brincar de morto no frio, ela queria dizer mais e não parava de olhá-lo enquanto falava, logo antes de perguntar como se afirmasse, que então ele conhecia Adriana?, e ele dizer que sim, o que tinha acontecido entre ele e Adriana?, que ela nunca tinha sabido de nada, era ele então o primeiro namorado, aquele a quem Adriana se referia apenas como o primeiro, que nunca mais tinha visto, até reencontrá-lo um ano depois de ter começado a namorar o Mário, porque por uma dessas coincidências Álvaro era mais ou menos amigo do Mário, estava voltando para o Rio depois de dois anos fora, e foi quando se reencontraram através do Mário, e ela não resistiu ou disse que não resistia só para seduzi-lo de novo, o que de fato conseguiu, e para o Mário — ela própria acabou contando para ele — aquilo foi uma traição, uma traição horrível, não podia ter sentido de outra forma, porque agora, com a distância, até o próprio Álvaro já acreditava que tinha sido usado, enganado e que tudo aquilo não tinha sido porque Adriana não podia resistir mas porque estava passando por um momento mais difícil com o Mário, sentiu que o estava perdendo, e foi uma maneira de reconquistá-lo, deixá-lo louco de ciúmes, e ele ficou mesmo, enlouqueceu só de imaginar que pudesse perdê-la, e com isso Álvaro perdeu ao mesmo tempo um amigo e a ilusão que tinha alimentado por tantos anos de que, no fundo, Adriana sempre tinha sido apaixonada por ele e ele por ela, um dia iam se reencontrar e ia ser maravilhoso, só que não foi, ele continuava contando para Nina, e desde então nunca mais a viu, não a viu no parque, não foi convidado, e não ousou ir por conta própria, tinha horror da idéia de vê-la ainda mais bonita e que ela o visse sozinho na platéia, mesmo se estivesse acompanhado, ela ia pensar que estava sozinho, ele tinha certeza, porque a conhecia, mesmo se pegasse a mão da mulher que estivesse a seu lado na platéia, não seria isso que Adriana veria do palco.

15

Trudi foi procurar Alice para dizer que estava realmente preocupada, nem precisava ter dito, pelo olhar de Alice o sentimento era mútuo, só que Alice preferia não falar, nunca falava, preferia acreditar que talvez Dulce e Antonio tivessem resolvido ir até outra cidade, talvez não tivessem encontrado os jornais e decidiram ir adiante, Alice tinha ficado assim com tudo, preferia não dizer que estava vendo o que via perfeitamente, fosse o fracasso daquilo tudo, que para ela estava representado no sítio, o fracasso do casamento e da vida com o marido, que ela continuava desejando em silêncio, mesmo sabendo que era impossível, e por isso mesmo desejando ainda mais, cada vez mais, não podia nem vê-lo de raiva e de tanto desejo, representado agora no sítio, que ela só não vendia por orgulho, pelo que os outros pensariam, porque achava que iam ver na hora, no momento em que decidisse vender ficaria evidente também o fracasso e o desejo e a raiva, de uma só vez, e para ela seria demais, não poderia encarar mais ninguém se suspeitasse que sabiam, calava então, que era melhor, guardava para si mesma tudo o que passava por sua cabeça, com medo de que uma simples palavra, um simples gesto, tornasse público o que havia de mais íntimo, e produzia assim um mecanismo que contaminou todo o seu comportamento, alastrou-se, fazendo dela uma mulher calada, o que nunca tinha sido, ao contrário, pelo menos até a separação e o divórcio, quando passou a desejá-lo mais que nunca, com tanta raiva que, pelo excesso, preferia guardar a se expor ao escárnio público, tornou-se de uma reserva peculiar para quem tinha passado por tantos vexames, bêbada, tornou-se de uma introspecção excessiva, mesmo nas coisas mais simples e cotidianas, mesmo quando Trudi se aproximou e disse o que todos já tinham visto mas não diziam — como se naquele fim de semana tivessem sido contaminados pela reserva de Alice também —, que Antonio e Dulce já deviam estar de volta havia muito tempo se tinham saído cedo para comprar os jornais, tinham desaparecido, e Alice primeiro desconversou, mas depois começou a enumerar possibilidades, como um jogo concebido para acalmar a si mesma, um jogo tedioso em que percebia a inocuidade de cada palavra mal acabava de pronunciá-la, que tinham ido buscar patê para o almoço, mas já eram quase quatro horas, que tinham ido à fazenda de um amigo que encontraram na cidade e, como não havia telefone no sítio, não podiam ter avisado mesmo, que um dos pneus tinha furado e por isso se atrasaram, mas o atraso era infundado se fosse apenas um dos pneus, já deviam ter voltado, e se o problema fosse mais de um pneu ou o motor era preciso que eles no sítio de fato tomassem uma providência, saíssem à procura dos dois, pela estrada, talvez o carro tivesse quebrado mesmo — e não fosse o acidente que tanto temiam —, de qualquer jeito, deviam ir atrás, não podiam ficar parados, iam esperar até a noite cair?, perguntou Trudi, já com a mão dentro da bolsa, pegando as chaves do carro, quando ouviram uma voz gritar do quarto onde tinham se trancado Lilian e Gui: "Não sou louca!".

16

Nina olhou para Álvaro e ele sentiu que era um pedido, disse que Trudi podia se acalmar, pegou a chave da mão dela enquanto Nina corria para o quarto dizendo que o acompanhava, pedindo que esperasse só um minuto, o tempo de colocar um vestido em vez daquelas calças molhadas por cima do biquíni, e ele sorriu para Trudi e Alice, porque não tinha expressão, não sabia que expressão, queria que desaparecessem elas também da sua frente, não tinham o que fazer?, já tinha dito que ia procurar Antonio e Dulce, mas Trudi agora queria explicar como funcionava o carro, o que só não o irritou mais porque não tinha intimidade suficiente para ser natural e dizer o que pensava, que ela era uma histérica, deixou que falasse sozinha sobre o segredo e como dar a partida com o segredo, porque hoje em dia já não era possível ter um carro sem segredo no Rio de Janeiro, e ela se virou para Alice e perguntou se ela sabia que o carro de Ana Maria tinha sido roubado em frente à casa de Lúcia, na Lagoa, com gente passando por todo lado, em pleno final de tarde, dia claro, e Alice disse não, com cara de espanto, é mesmo?, quando Nina voltou e Álvaro olhou para ela e não disse nada, no auge da irritação, e ela fingiu que não estava vendo a exasperação dele, fazia parte de sua tática não ver, quanto mais agora que iam sair só os dois de carro com o pretexto de procurar Antonio e Dulce, mas isso só na cabeça dela, porque ele ia mais por obrigação e culpa do que por qualquer outra coisa, porque já começava a acreditar que talvez tivesse realmente acontecido alguma coisa com eles, com o carro pelo menos, não estava preocupado como Trudi ou Alice, que iam se revelando cada vez mais histéricas a seus olhos irritados, mas também não compartilhava a alegria indisfarçada de Nina, que tinha certeza de que nada podia ter acontecido com os dois, deviam estar por aí, podiam ter decidido ir a uma cachoeira qualquer, mas já que era para ir procurá-los, então o melhor era que fosse com Álvaro mesmo, seria uma chance de ficarem a sós, ela imaginava, o que não passava pela cabeça dele, nunca passou, porque Nina estava agora de certa forma ligada a Adriana, e era antes a irmã do amigo, nunca tinha pensado nela como uma mulher, embora tivesse ficado tão bonita com os anos, depois de ter tido os gêmeos, que estavam com o pai, passavam os fins de semana com o pai, de quem Álvaro apenas tinha ouvido falar — quando conheceu Rubens, Nina e o marido estavam na Inglaterra (ela o acompanhou quando ganhou a bolsa para o doutorado em história da arte e se separaram logo ao voltarem) —, nunca o tinha visto e ficou com a imagem de um sujeito estranho, calado, sobretudo depois de ouvir sobre o processo e a história do pintor holandês, que para ele nunca ficou clara, Nina se casou só porque tinha engravidado e não podia mais abortar, uma descuidada, em qualquer lugar civilizado do mundo seria um escândalo uma adolescente ter feito tantos abortos, o mais completo descuido com o próprio corpo, mas ela era avoada mesmo, sempre tinha sido, o que lhe garantia um charme muito peculiar, uma beleza natural, despenteada, que não podia ser mais evidente quando ela apareceu com aquele vestidinho por cima do biquíni, descalça, com as sandálias nas mãos, e se apoiou no ombro dele para calçá-las, antes de pegá-lo pela mão e sair em direção ao carro de Trudi, com segredo e tudo, porque no Rio de Janeiro já não era mais possível parar o carro em qualquer lugar e viver em paz.

17

Nina virou-se para Álvaro e falou do acidente, sem mais nem menos, porque ninguém mais falava, disse que Adriana também estava no carro — foi bem antes de ela enfiar o velho jipe na árvore —, tinha sido ali mesmo, naquela estrada, e já fazia tanto tempo, pensar que mais de quinze anos se passaram, e que tudo podia ter acabado ali mesmo, disse que não foi uma coisa perceptível, e é por isso que foi mais impressionante, naquele fim de semana, eram três carros, na frente, no primeiro, estavam o pai, a mãe, Rubens, Nina e Adriana, os três no banco de trás, no carro de trás vinha o tio, Rodolfo, com mais umas três pessoas — ela não sabia se já era o Gui ao lado dele e um casal amigo da mãe no banco de trás —, e mais atrás, no último carro, um casal de americanos clientes do pai, com os dois filhos, tinha sido quase ali, já depois do alto da serra, estava frio e tinham deixado as janelas todas fechadas, só o pai tinha deixado uma fresta, Nina disse que já sentia um pouco de dor de cabeça desde o alto da serra (mas depois o médico disse que podia não ter a ver uma coisa com a outra) e de repente tudo se apagou, o casal de americanos repetiu a história durante o fim de semana, sem parar, de tão impressionados que ficaram, "no fundo ficaram orgulhosos também, como se nós devêssemos alguma coisa a eles desde então e isso lhes desse uma vantagem, uma dívida nos negócios com o meu pai", disse Nina, é a história deles que ela guardou e ficou imaginando durante todos aqueles anos sem dar um pio, porque no fundo desenvolveu uma superstição, achou que era melhor ficar calada já que tinha sido salva, segundo os americanos (é estranho que o tio, Rodolfo, que também viu tudo, nunca tenha contado a cena, nunca mais tenha falado, como todos os que estavam no carro da frente, por isso o que Nina sabia era só o que os americanos viram), de repente o primeiro carro diminuiu a velocidade e parou no acostamento (os outros fizeram o mesmo, logo atrás), as duas portas da frente se abriram, o pai desceu correndo e a mãe um pouco cambaleante e gritando o nome dos filhos, o pai abriu a porta da filha e a puxou para fora do carro, enquanto a mãe tentava tirar Adriana e pedia ajuda, pelo amor de Deus, chorando, babando, e os passageiros dos carros de trás, que primeiro tinham ficado atônitos com aquela parada súbita no meio da noite, sem saber o que fazer, de repente se precipitaram para fora de seus carros e sobre aquela família, ainda sem entender, porque ninguém entendia e era como se estivessem todos mortos no banco de trás, até a mãe cair também, enquanto puxava Rubens, e os outros se precipitaram sobre os que tinham desmaiado, enquanto o pai estapeava a filha, dessa vez com a melhor das intenções, tentando reanimá-la, e de repente, percebendo que não fazia efeito, colou os lábios nos dela e começou a fazer respiração boca a boca e quando ela voltou, o que não demorou muito, começou a chorar, sem entender também, mas entendendo pelo menos que tinha sido salva, por muito pouco, só não sabia do quê, Adriana já estava recebendo respiração boca a boca também e logo começou a vomitar enquanto o pai tentava salvar o Rubens, que tinha sido deixado por último, nem o pai sabia por quê, e Nina viu as lágrimas caindo sobre o rosto do Rubens e o pai implorar a Deus, pela primeira vez, nunca tinha visto o pai assim, implorar pela vida do filho, viu a família caída inteira no asfalto, no acostamento, jogada pelo chão ao lado do carro e ainda sem entender por quê, pensou que todos podiam ter morrido sem mais nem menos, enquanto os outros carros passavam à toda com os faróis acesos bem ao lado e eles no chão, Nina ainda lembrava do rosto perplexo do tio, Rodolfo, e que só os americanos tiveram a frieza de lidar com a coisa praticamente e levá-los para o hospital da cidade, onde passaram a noite tomando oxigênio, os cinco, o pai inclusive, porque embora não tivesse sido tão afetado, ainda menos que a mãe, por causa da janela aberta, já sentia uma forte dor de cabeça, mais de tensão, disse o médico, do que de qualquer outra coisa, porque o monóxido de carbono é fulminante e não avisa, quando você se dá conta da fraqueza e da dificuldade de respirar e ficar acordado, já é tarde, por isso tiveram muita sorte, porque no dia seguinte, quando o pai levou o carro para o mecânico ver, "o carro assassino", e Nina riu quando disse isso, o mecânico disse que havia um furo no cano de escapamento e que o monóxido de carbono estava entrando no carro pelo porta-malas, disse Nina no carro e Álvaro, no volante, olhou para ela, "mas tenho certeza de que nada aconteceu com eles", ela disse, pensando em Antonio e Dulce, "tenho certeza, que bobagem!, você me desculpe", disse Nina, "Claro", disse Álvaro, "claro".

18

Álvaro virou-se para Nina no meio da curva e perguntou desde quando brincavam de morto no sítio e ela riu muito, mas ele não, ela perguntou se achava que eles eram tão primários, que tinham começado a brincar depois do acidente: "Para fazer uma catarse?", ela perguntou e continuou rindo, mas ele não, o que a fez parar de repente e pedir desculpas: "A gente sempre brincou de morto no sítio, desde que éramos muito pequenos, nem me lembro da primeira vez, talvez mesmo antes de nascermos, eu e o Rubens, eles já brincassem, mais de um casal se conheceu nesses fins de semana, graças em parte a essa brincadeira, mais de uma pessoa se apaixonou brincando de morto, pode te parecer infantil, mas é verdade, é tão óbvio que é um jogo sexual, talvez não para as crianças, mas é um pretexto para os adultos, sempre foi um pretexto brincar de morto, só não vê quem é cego, depois o jogo pegou e hoje a gente brinca mesmo inocentemente com essa idéia por trás, tem sempre essa idéia por trás, que no fundo é um jogo sexual, mesmo quando não acontece nada e ninguém quer dormir com ninguém, quando eu era pequena não entendia, me parecia natural que tudo fosse estabelecido só depois da brincadeira, quem ia dormir com quem e em que quarto, quando todos já estavam mortos e voltavam para dentro de casa abraçados, menos nós, que ainda estávamos excitadíssimos, porque tínhamos sido os últimos a cair, os últimos a morrer, ou extremamente decepcionados, gritando, reclamando, sobretudo quando éramos só eu e o Rubens e não havia outras crianças, porque tínhamos sido simplesmente esquecidos, continuávamos vivos e queríamos morrer também, saíamos de onde estávamos escondidos, havia horas, gritando que não tínhamos morrido e perguntando se ninguém ia nos matar", disse Nina agora rindo, "mas todos já tinham voltado para a casa, alguns abraçados, outros não, e estavam bebendo sentados no sofá, já sabiam em que quarto iam dormir e mamãe dizia: 'Bom, vocês se viram, peguem os quartos que quiserem', mas já estava bêbada, na verdade eles já começavam a brincar de morto um pouco altos, imagino que a primeira vez já tenha sido assim, tenham tomado a decisão de brincar numa noite em que estavam completamente bêbados, e aquilo pegou, menos durante o divórcio, quando ela vinha para o sítio só para marcar presença e não deixar ele vir com a amante, e nessa época ninguém brincou de morto ou de coisa alguma, não havia a menor graça em vir para o sítio, era mais um suplício, houve um fim de semana em que os dois se encontraram aqui, minha mãe tinha vindo com Trudi e ele com a amante e os quatro ficaram até domingo, porque achavam que tinham o direito, que o sítio era deles, ficaram até o fim e não se falaram, não é estranho?, preferiram ficar'', disse Nina e encostou a cabeça no banco enquanto o carro continuava sozinho pela estrada entre as colinas à procura de Antonio e Dulce.

19

"Ai ai ai", gritou Alice quando tirou a panela do fogo, o que era bem feito, pensou Marta, a mulher do caseiro, mas não disse, porque sabia qual era o seu lugar e que o da patroa certamente não era ali, na cozinha, tudo saía muito melhor quando ela não se metia para depois ficar gritando ai ai ai e sacudindo a mãozinha até Trudi aparecer e Alice, virando-se para ela e esquecendo-se da dor, dizer: "Eles estão demorando, você não acha?", e a outra, Trudi, mas a mulher do caseiro, Marta, não conseguia aprender aquele nome, que para ela não era de gente, era de animal, no máximo de cachorro mas não de gente, ainda mais gente assim, metida onde não era chamada, que inferno eram os fins de semana no sítio, para ela pelo menos, e se vieram para se divertir, por que não ficavam longe da cozinha?, gente nervosa, mal tinham saído, fazia menos de uma hora, e a patroa já estava daquele jeito, e a outra, em vez de acalmá-la, não respondia, fazia ar de preocupada, perguntava: "Há quanto tempo eles saíram?, olhava no próprio relógio, como se quisesse tirar a amiga do sério, e fazia todo mundo se perguntar também, menos a mulher do caseiro, Marta, que estava cheia, que morressem todos, pelo menos não viriam mais aborrecê-la nos fins de semana, não viriam para a cozinha atrapalhar quando o objetivo era se divertir, que desaparecessem na estrada ou onde bem quisessem, era só ver aquela mulher sacudindo os dedos só porque pegou na panela quente, logo se via por que tinha sido largada, e ainda mais com aquela outra perguntando as horas, não podia dar certo mesmo, pensou Marta: vão amolar agora o filho, vão dizer para ele pegar o carro e ir atrás da irmã e dos outros também, quer ver?, e ele vai resmungar, mas vai ceder para não ouvir mais, como fazia o pai, até o dia em que se encheu e foi embora, o patrão, com aquela cara de sonso sedutor, Marta tinha prevenido as filhas, mas mesmo assim a Carminha foi tonta, ela pensou, agora tinha que morar longe com a criança, que Marta nunca tinha visto até a filha mandar a foto, sem que o Manuel, o caseiro, pudesse saber, senão matava as duas, e Marta pegou o ônibus e viajou cinco horas só para ver de novo a filha na Baixada e o menino, Pedro, que ela pegou nos braços e chorou, os dois do outro lado da terra, cinco horas de ônibus sem o Manuel saber, senão a matava, e já fazia tanto tempo, nunca mais os viu, o menino devia estar um homem agora, porque depois não teve mais coragem, tantos anos sem nem mais uma notícia da filha e do menino.

20

Rubens arrancou com a mãe ainda debruçada na janela do carro, do lado de fora, dando conselhos como sempre, arrancou porque não agüentava mais aquela mulher, por que ficava como uma tonta atrás da outra, Trudi, obedecendo a tudo o que ela lhe dizia para fazer?, pisou fundo no acelerador e arrancou como uma forma de dizer à mãe o que sentia, porque já não podia lhe dizer mais nada pelos meios convencionais, não podia mais lhe falar, ela que entendesse a linguagem das coisas a sua volta, se era tão burra para o diálogo, ele não tinha mais o que dizer a ela, a não ser com arrancadas e gestos bruscos, por isso acelerou com toda a força, quando ela ainda estava debruçada na janela do carro lhe dando conselhos para a estrada, como devia procurar os outros, Antonio, Dulce, Nina e Álvaro, e que devia voltar ao sítio para avisá-las, não importava o tamanho do desastre, se fosse um acidente mesmo, como ela temia, não importava, era melhor que soubesse logo, pelo menos teria uma razão real para continuar nervosa e não mais essa incerteza que a deixava louca, pensando que podiam estar mortos, mas ele arrancou antes que terminasse a frase e os olhos dela se encheram de lágrimas, um pouco de raiva por se sentir vítima do mundo e da incompreensão dos outros, principalmente dos filhos, abandonada, um pouco de raiva disso tudo, é verdade, mas sobretudo uma melancólica compaixão de si mesma, olhando o carro do filho desaparecer pela estrada de terra que saía da casa, a estrada ladeada por duas fileiras de paus-ferros, cujas mudas ela mesma e o marido tinham trazido para o sítio muito antes do nascimento de Nina, que agora estava uma moça, quem diria, tinha até uma filha e um filho, os gêmeos, e ela se lembrava ainda de quando Nina a chamou num canto numa noite de inverno no sítio para dizer que estava grávida de novo e implorar que não contasse nada ao pai, que acabou sabendo, era óbvio, porque no fundo Nina sempre teve aquela estranha relação com o pai, pediu para a mãe não dizer nada a ninguém, chorando, era já a quinta gravidez, não podia mais abortar, e uma semana depois correu para o pai para dizer a mesma coisa, o que deixou Alice perplexa quando o marido veio lhe falar da gravidez da filha e ela teve que se fazer de desentendida, no fundo ficou furiosa com Nina, sentiu-se traída, e não podia ser de outro modo mesmo, porque ali os dois já estavam brigando, já sabiam que seria mais cedo ou mais tarde, não podiam continuar juntos por muito tempo, esforçavam-se principalmente por Rubens, achavam que deviam alguma coisa a ele, mas teria sido melhor se tivessem se separado de uma vez, melhor para todo mundo, teriam evitado tanto mal-estar, mas talvez fosse isso mesmo que ela queria naquele tempo, porque talvez o amasse mais do que tudo, talvez ele fosse o único homem de sua vida, e sendo assim era melhor ficar com ele na doença, na guerra, com todas as brigas, mesmo assim, teria sido melhor ficar, ou ao menos era o que ela achava ter sentido, inconscientemente, na época, pelo tanto que suportou, por tudo o que teve que ouvir e o tempo que esperou para tomar uma decisão, não, estava inventando agora, não tinha tomado decisão nenhuma, foi ele, e ela até implorou, jogou-se aos pés dele numa noite no sítio, pediu para ele não ir, bêbada, mas ele foi, o que a obrigou a tomar uma atitude quando o advogado dele veio lhe dizer que o marido queria o divórcio, que humilhação!, o advogado!, mas ela agüentou da mesma forma que agüentava agora, parada na estrada, uma alameda de paus-ferros, com o sentimento terrível de ser incompreendida até mesmo pelo filho, que saiu de dentro dela, ingrato, monstro, carne da mesma carne, se não fosse ela ele não estaria ali, e talvez fosse isso, talvez não quisesse estar, como ela no fundo também não queria, o que bastou para mudar de pensamento e enxugar os olhos com os dedos no mesmo momento em que Trudi se aproximava e dizia: "Venha, minha querida. Eles vão aparecer".

21

Assim como saíram Antonio e Dulce, Álvaro e Nina, e Rubens, também Gui e Lilian, depois de terem discutido trancados no quarto e ele jurado de pés juntos que a amava mais que qualquer coisa no universo e ela convencida, saíram para ajudar na busca, e depois Rodolfo, Gregório, Alice e Trudi, os quatro no jipe que Adriana havia enfiado na árvore anos atrás e pelo mesmo motivo que os outros, deixando Marta, a mulher do casciro, sozinha no sítio, pensando consigo mesma, quando desapareceu o último carro, o velho jipe que nunca saía do sítio, que eram os responsáveis pelo destino da sua Carminha, ou ao menos ela via assim, todos deviam saber o que tinha acontecido e, se não falavam, se nunca mais falaram, era por hipocrisia, porque não queriam ver a Carminha por ali, deixaram bem claro que ela tinha que ir embora, não precisaram nem dizer, o Manuel sabia que sua Carminha não poderia mais ficar quando a barriga começasse a crescer, ia ter que encarar seu destino sozinha, na Baixada, com aquela criança, Pedro, que agora já devia estar um homem, Marta não podia gostar dessa gente, mesmo se no fundo também fossem uns perdidos como sua Carminha, uma tonta, e ela avisou tantas vezes que não era para ela ficar na casa dos patrões, para tomar cuidado com o patrão, avisou como mãe, porque era mulher experiente e tinha visto nos olhos dele a vontade de possuir tudo, mesmo sua Carminha, que se perdeu por causa daquele homem e daquela gente que agora fingia que nada tinha acontecido, pensava Marta sozinha no sítio, voltando da represa, onde tinha ido buscar o que sempre largavam para trás, as toalhas e os copos vazios, vinha trazendo tudo de volta para a casa, por isso não ouviu o barulho do motor quando um carro solitário entrou de volta no sítio, e só foi se assustar ao ouvir vozes dentro da casa, apenas duas, ouviu e parou quando já estava próxima de uma janela, ouviu a mulher dizer: "Não tem ninguém", e o homem: "Devem ter saído, é melhor assim, pelo menos não vão te ver chorando, você não precisa mais se preocupar", e a mulher: "Não sou eu que estou preocupada com o que vão pensar", "Enxugue essas lágrimas", disse o homem, "Eu devia ter desconfiado, você devia ter me falado. Por que você não me disse? Eu nunca te perguntei nada. Não quero saber. Não quero. A falta de confiança é sua, eu sempre confiei. Por que você não me disse antes, antes de sairmos do Rio?", ela perguntou, estava desesperada, e o homem disse alguma coisa baixo, muito baixo, tão baixo que Marta quase não pôde ouvir e se aproximou ainda mais da janela, "Filho da puta! E de que adianta mais uma hora ou duas, mais um dia ou dois? De que adianta se eu teria que acabar sabendo? Me responda então por que não quer que eu faça o teste. Por quê?!", ela disse, "Você não tem nada", ele disse, e Marta ouviu melhor, porque estava quase colada à janela, "Você não está me poupando de nada, você tem medo que eu te abandone morrendo?", ela perguntou e dessa vez, por causa do silêncio que se seguiu, Marta achou que a moça tivesse se calado para chorar, e se aproximou ainda mais, na ponta dos pés, encolhida ao lado da janela, e nesse movimento acabou torcendo o tornozelo, uma dor horrível, mas não podia gritar, uma dor que teve de engolir enquanto tentava continuar interessada, porque não queria perder nada, "Você devia ter tomado mais cuidado. Por quê?! Devia ter pensado em mim", a mulher disse e depois pediu desculpas: "O que eles vão pensar de mim chorando assim, devo estar um monstro, até quando vou continuar chorando?", ela disse, "A gente não podia passar o resto do dia na estrada até você parar de chorar", ele disse, "Vou parar", e Marta, contorcida de dor, mordendo os lábios, a ouvia soluçar agora, porque já estava quase dentro da casa, tinha conseguido chegar manca até a porta da cozinha, onde tinha parado, não se movia, "Você só vai me ouvir, não é? Você não tem nada para dizer, não é? Você não quer que eu faça o teste, porque sabe que, se der negativo, você corre o risco de me perder, mas vai me perder de qualquer jeito se morrer", e Marta sentiu que já aí ela enfrentava dificuldades de terminar a frase, "e se der positivo sou eu que vou te matar, se você não morrer antes de culpa, você vai ficar sozinho de qualquer jeito, vai morrer sozinho de qualquer jeito, nem que eu tenha que me matar antes", e mal acabava de dizer aquilo, a mulher já estava pedindo desculpas de novo, que foi só o que Marta ouviu, tentando esquecer a dor no tornozelo.

22

Nina e Álvaro foram os primeiros a voltar e encontrar Antonio e Dulce fazendo as malas, depois chegaram os outros e a cada vez eles repetiram a explicação, tentando sorrir — Dulce estava com o rosto inchado —, que não tinha havido nada, pediram desculpas a cada vez pela demora, disseram que o jornal estava em cima da mesa e que os outros podiam ficar com ele quando Trudi não se conteve e perguntou onde estava o jornal e, enquanto ela se jogava ávida sobre a mesa, antes que Lilian pudesse alcançá-lo, e buscava as páginas onde estaria impressa a história do aeroporto de Paris e a lista dos mortos, eles disseram que um pneu furou e ninguém, nem mesmo Rubens ou Trudi, duvidou, ninguém disse nada enquanto observavam Antonio e Dulce arrumando suas coisas e colocando-as no carro, não disseram que tinham ficado preocupados, apenas observaram os dois entrarem no carro, darem a partida e desaparecerem na estrada, e nessa hora Alice disse que também queria ir embora e Trudi concordou, Rodolfo e Gregório também, já estava na hora de arrumarem suas coisas e irem embora se ainda quisessem pegar a estrada livre, antes de escurecer, Nina foi pegar sua mala, assim como Álvaro, Rubens, Lilian e Gui, todos, em silêncio, começaram a preparar a volta, e Marta manca foi perguntar se Alice não ia levar toda aquela comida e a patroa disse que não, ela podia comer, levar para a casa dela e para sua família, se não tudo ia estragar, e Marta, a mulher do caseiro, concordou e não disse mais nada até Alice lhe perguntar: "Você está manca, Marta?" e ela responder: "Não senhora, é só um jeito", depois continuou calada até o último carro desaparecer pela estrada, ficou olhando da varanda até desaparecerem todos, porque saíram em comitiva, os três carros, um atrás do outro, saíram do sítio e tomaram a estrada cheia de curvas entre as colinas, até o alto da serra, onde começa a descida e onde Nina pediu a Rubens, no volante, que parasse só por um instante, e atrás do primeiro carro, em que estavam Rubens, Álvaro e Nina, pararam os outros também, no acostamento, e todos abriram as portas e desceram, um a um, Trudi ainda com o jornal na mão, conferindo a lista dos mortos, ao lado de Alice, que segurou a mão de Rodolfo, Gui com o braço em torno dos ombros de Lilian, que olhava para o jornal na mão de Trudi, morta de curiosidade, não queria de jeito nenhum que pensassem que era louca, agora que faltava tão pouco, tinham parado para olhar a paisagem, o Rio de longe, sob a névoa e a distância, no fim da planície antes do mar e do pôr-do-sol, e ficaram ali admirando a vista de pé diante do precipício e do vento, até Gregório perguntar se não parecia, se os outros não tinham a impressão de ouvir gritos vindo do fundo da paisagem, ao longe, da cidade, "Põe a mão assim no ouvido e fecha os olhos", ele disse a Alice, Gui olhou para Álvaro e riu, Rubens olhou para Lilian e riu, Nina olhou para Rodolfo e riu, depois, imitando Alice, começaram um a um a colocar a mão nos ouvidos e fechar os olhos, e eles riram, todos riram, ficaram tentando ouvir gritos, rindo, um riso frouxo, sobretudo quando Rubens soltou aqueles três gritinhos, morreram de rir, e de repente pararam e, um de cada vez, começaram a dizer: "Que lindo" sobre a paisagem, "que lindo", todos eles, sem perceber, incessantemente, mesmo que tudo não tenha durado mais que uns poucos minutos.

Parte dois

OS GRITOS DO RIO DE JANEIRO

1
OAEOOEOE

Quando acordei, meu pai se chamava Fábio, minha mãe Beatriz, meu nome era Bernardo, e já era tarde. Fazia um calor dos infernos. Vi que estava na Baixada. Era o mesmo prédio de onde eu ia atirar o meu irmão menor, sete anos depois, quando eu completasse sete anos, porque já tinha gente demais no apartamento de quarenta metros quadrados quando ele nasceu, mesmo sem meu pai, que não era louco de continuar ali, foi embora quando nasceu meu irmão, mas no lugar dele veio o tio, o irmão da minha mãe, e era um alívio quando a polícia aparecia de surpresa, arrombava a porta e a gente ficava seis meses sem ele, eu, minha mãe, minha avó e o recém-nascido, que já era gente suficiente para os quarenta metros quadrados, eu pensava: Que azar, meu Deus, que azar dessa criança! Quando o atirei do apartamento e ele não morreu — que azar, porque quando você nasce ali todos os sofrimentos são insignificantes, mesmo um caco de vidro no olho, um dedo decepado, tudo é normal aos olhos daqueles pais, por mais que você berre, por maior que seja o seu desespero, e ele berrava tanto, à toa —, resolveram me botar na escola, numa outra, mais longe, onde eu passava o dia e tinha que ir de ônibus. Foi aí que descobriram que eu tinha um problema. Demoraram para descobrir. Uns três anos, quando já parecia irreversível. Meu problema é que eu não conseguia ler o a e o o e o e. A professora — a mesma a quem eu tinha respondido que um e um eram onze — chamou minha mãe na escola e disse: Ele não vê os artigos definidos nem a conjunção aditiva — ela falava assim, como uma besta, que era o que tinha aprendido, repetia —, e minha mãe me estapeou na hora mesmo, quando a professora disse conjunção aditiva e ela achou que só podia ser uma coisa muito séria que pedia medidas enérgicas por parte dos responsáveis, achou que era como um roubo, conjunção aditiva, ela entendeu na hora, já estava esperando mesmo por aquilo, eu devia ter roubado alguma coisa da escola, e foi quase um murro de mão fechada, depois sentou-se na mesa, colocou a mão na cabeça e disse: Não sei mais onde esse menino vai parar, não sei mais o que fazer. Foi aí que a professora falou que ela devia procurar o padre Amaro. Minha mãe me pegou pela mão e me arrastou embora. Na rua ela começou a gritar, me empurrou para dentro do ônibus, perguntou se eu não via todos os problemas que ela já tinha que enfrentar, perguntou a Deus o que tinha feito para merecer isso e, ainda por cima, um filho que não via o a e o o e o e.

Fomos ver o padre no dia seguinte. Ele me olhou, passou a mão na minha cabeça. Foi quando ouvi pela primeira vez falar no artista.

Ainda lembro do horror dos aviões que sobrevoavam o apartamento, todo aquele aço descendo, em vôo rasante, que sempre pensei que fossem cair, no meio da noite ou de madrugada, quando menos se esperasse, quanto maiores fossem as chances de um massacre, quando todo o mundo estivesse em casa, dormindo, era aí então que cairiam, como bolas de fogo sobre os prédios e a gente, na rota do aeroporto internacional, ou os barracos, sobre palafitas, no meio do mangue, um desses aviões que trouxe o artista em busca de vida, certo de que seria sob as condições mais adversas que ela se manifestaria com mais intensidade, em sua essência, como dizia. Maldito o dia em que me viu. O objetivo era nos afastar do crime, dizia, mas só veio roubar. Veio roubar o que não tinha, o que não imaginava e chamava de vida só porque não era sua, pimenta no cu dos outros, podia ir embora a qualquer instante, era só querer, como de fato fez, não estava preso, como a gente neste cu-do-mundo que sou eu e os outros e este lugar. Os mesmos aviões que depois nos levaram para as exposições — mas não adiantava, o artista sempre dizia quando notava o mínimo indício de fuga, que fosse só o desejo, o brilho nos olhos, que ele chamava de crime, quando achávamos que tudo estava tão próximo, ele nos lembrava que tínhamos sido condenados ao nascer e aqueles mesmos aviões nunca nos levariam a lugar nenhum. Tudo seria sempre um engano. Houve um tempo em que acreditei que podia olhar para as nuvens, para o céu, e mudar o lugar e as pessoas, acreditei que podia olhar para cima, para as nuvens passando, e quando olhasse para baixo de novo já não estaria no mesmo lugar nem entre os mesmos, já não seria o mesmo, porque o céu e as nuvens são iguais em toda parte e para qualquer um, achei que bastava olhar para as nuvens passando e depois imaginar que não era eu nem aquele lugar, que bastava olhar para o alto para acordar de novo. Guardei essa crença como um segredo que só deveria ser aplicado em último caso, quando não tivesse mais nenhuma saída, mas um dia deixei de acreditar, e no dia em que finalmente precisei olhar para cima, percebi que já não acreditava. Acho que foram as palavras do artista.

Ele disse que tudo o que fizéssemos seria sempre contra nós. Disse quando sentiu a faca na boca do estômago, como uma maldição quando percebeu que tinha perdido o controle e éramos seus monstros — ou era só eu que achava que estava livre? Ouvi ele dizer isso com os tiros. Ouvi a mesma frase: Tudo será contra você, ou qualquer coisa do gênero. Talvez esteja delirando agora, porque ele não me viu. Guardei o eco daquela maldição: tudo seria contra nós, os aviões em que pensávamos fugir não nos levariam a lugar nenhum. Mas demorei a entender. O mais horrível dessa maldição foi condenar toda vingança a sair pela culatra, nos imobilizar para sempre, nos condenar ao suicídio. Ele disse: Quando pensarem em fugir, todo ato será um engano, todo ato será um suicídio. Quanta raiva! Quanta prepotência para um homem só! Então por que não foi castigado? Tenho horror quando volta aquela idéia absurda de que talvez ele fosse realmente Deus.

Minha mãe me levou à oficina no final da tarde. O artista se levantou da mesa, onde estavam os outros dez meninos, e me chamou pelo nome. Estendeu o braço. Olhei para minha mãe, que não sorriu, não fez sinal nenhum. A única coisa que os olhos dela diziam naquele ódio que eu conhecia tão bem é que dessa vez eu não podia errar. Ela não sabia o que era errar ali, apenas que eu não podia errar. Eu também sabia. Caminhei na direção do artista que continuava com o braço estendido para mim e ainda olhei uma vez para trás, para minha mãe, no meio do caminho. O artista disse que ela podia ir. E ela acatou, sem ódio nem nada, como um cordeirinho. Desapareceu pela porta de ferro e me deixou sozinho com o artista e os dez meninos.

Se eu tivesse contado, ela teria dito que era mentira. Por isso, fiquei calado, suportei tudo calado, todas as infâmias e se pensei em matá-lo de início, logo afastei esse pensamento, porque entendi que teria sido pior, pelo menos no início, quando percebi o que era aquilo, o que ele queria na realidade, podia tê-lo matado, mas teria sido pior, pelo menos no início, até eu perceber que não podia contar com eles, estavam todos hipnotizados, todos submissos, estavam ali para acatar e obedecer, que o prazer dele era mandar, fazendo-se de bom, de santo, e estava pagando, então devia ter o direito, pagava direitinho, nunca faltou, em nenhuma das vezes deixou de pagar quando minha mãe vinha me buscar com aquela cara de sonsa também, como se fosse santa, mas se fosse não estaria ali, se existisse Deus, que eu cheguei a pensar que era ele, como os outros, e era difícil não pensar, nunca deixou de pagar, e depois a mim mesmo, dois anos depois de eu ter chegado, sem avisar a ela, como se fosse uma traição, para criar um novo laço comigo, uma nova cumplicidade, fingir que estava do meu lado e não do dela, disse que daquele dia em diante aquela seria a minha parte e me enfiou o dinheiro no bolso, sem que ela soubesse e, sem que ela soubesse, recebi a minha parte por anos e anos, até o fim, fora as comissões, que por vezes ele dava, quando ficava mais generoso ou culpado, ou talvez quando o dinheiro das vendas fosse grande demais, de forma que não fazia diferença, sempre sem ela saber, embora desconfiasse, que não era boba, sonsa mas não boba, porque chegou a insinuar um dia, chegou a dizer a ele que não era possível, que eu devia estar roubando de algum lugar, porque, se não, de onde vinha aquele dinheiro que eu tinha?, e teve que ouvir um pito dele na frente de todos os meninos, o que bastou para ela nunca mais subir, me esperava lá embaixo, na rua, e me levava de volta para casa geralmente sem dar um pio depois de receber o dinheiro, a parte dela.

Mal ela saiu da primeira vez, ele se transformou. Apontou uma cadeira na mesa e mandou um dos garotos, o mais velho, o puxa-saco do Pedro, que naquele tempo eu ainda não sabia que era um puxa-saco de primeira, um arrivista, me trazer um dos exemplares do livro que estavam lendo. Eu não entendia nada. O que era aquilo e por que estavam lendo. Pedro colocou o livro na minha frente e o artista me mandou abrir na página 54, lembro ainda, 54, que era exatamente a página que eu não conseguia encontrar, como uma piada, como se não soubesse ler, o que eu sabia, mas não conseguia encontrar a página, não conseguia ver 54, era como se a tivessem arrancado de propósito, como se não existisse esse número entre 53 e 55, que eram páginas que eu via, mas não a 54, e por isso resolvi que ia contar uma por uma, desde a primeira, até chegar à 54, e quando me viram, primeiro em silêncio e pasmos, até entenderem e caírem na gargalhada, todos menos o artista, que gritou comigo, começou a gritar, logo entendi que não ia parar nunca mais, pelo resto da vida, pelo resto do tempo que eu passasse ali, me obrigou a ir direto à página 54, foi até o meu lado e me pegou pelo braço, apertou o meu braço e me obrigou a achar a página 54, e dessa vez, eu não sei por quê — primeiro achei que tinha sido um trote, e depois, com os meses, comecei a suspeitar que ele tinha poderes, quando passei a desconfiar que talvez, e por que não?, ele fosse Deus —, dessa vez, com ele ao meu lado, apertando o meu braço, a página 54 surgiu do nada, estava lá, bem na minha cara, e eu disse 54, ele gritou: Mais alto!, e eu: 54, e ele: Mais alto!!, 54, Mais alto, porra!!!, mas ainda não era nada, porque não tinham visto o pior, ou o melhor, dependendo do ponto de vista, não tinham visto ainda que eu não via o a e o o e o e.

Comecei a ler a página 54 e logo na primeira linha esbarrei com o que não via, mas eles demoraram um pouco a entender que eu não podia ler o a e o o e o e, se bem que ele já devesse saber, é lógico que já sabia, porque tinha conversado com o padre e com minha mãe antes de me aceitar na oficina, e era essa a razão, queria apenas tornar ainda mais convincente a sua fúria contra mim na frente dos outros, que primeiro riram, eles sempre riam quando chegava alguém novo ou quando alguém errava, mesmo se fosse um deles, mesmo se soubessem que no dia seguinte podia ser um deles, continuavam rindo, que era uma forma de agradar ao artista, eles já sabiam, sobretudo o Pedro, o mais velho, que riu quando eu engasguei e, depois que o artista gritou bastante, enfurecido, parecia que ia ter uma síncope de tanta raiva, e eu sem saber o que fazer, depois daquela cena, de repente o artista se acalmou, como se tivesse caído um manto sobre ele e pediu ao Pedro que lesse, o que o Pedro fez com um sorriso de orgulho nos lábios, pobre coitado, um merda, isso sim, um merda, leu a história daquele escritor de que eu nunca tinha ouvido falar na escola, que tinha desaparecido em Angola, no meio da selva, leu a primeira frase da página 54, porque quando cheguei eles já estavam adiantados na leitura, leu o a e o o e o e, sempre que apareciam, sem qualquer problema, e foi só então que notei que o artista não olhava mais para mim, porque depois da gritaria demorei a ter coragem de levantar a cabeça, só então percebi que me ignorava, como faria durante o resto daquela leitura e, dali em diante, sempre que eu não conseguisse ler o a e o o e o e, era seu método para me fazer ler, para me fazer ver, para me curar, e para fazer os outros vencerem suas deficiências, porque era assim que ele se referia à gente, dizia que tínhamos deficiências de aprendizado e por isso estávamos ali, porque não nos adaptávamos aos métodos normais de ensino e ele tinha certeza de que ali aprenderíamos à força, com a experiência, porque se alguém nos falasse do Pelé, sabíamos muito bem quem ele era e guardávamos todas as informações sobre ele, então por que não guardar também as informações sobre os livros e as histórias que nos dava para ler e que, depois de estudados, elaborados durante meses, forneceriam o material para o trabalho do grupo?, se tínhamos dificuldades era porque não nos interessávamos e só a experiência traria o interesse, nem que fosse à força e aos gritos, eu teria que viver o a e o o e o e para vê-los, por isso não olhava para mim quando eu não os via, deixava de falar comigo, o que, se no início era só desconfortável, foi se tornando pouco a pouco insuportável, conforme eu ia idolatrando também o artista e baixando mais e mais a cabeça sempre que gritava comigo, como os outros meninos, como um cachorro, e como um cachorro abanava o rabo sempre que me fazia um elogio na frente dos outros e sorria como sorriu o Pedro na primeira vez, porque sabia que naquele dia era eu o eleito do artista, por mais que os outros tentassem agradar, mostrar que sabiam, havia dias em que ele ignorava o saber dos outros para me lisonjear e é verdade que eu caía, como os outros, porque era assim que ele administrava a oficina, caía mas sem nunca perder a perspectiva, que ficou guardada de lado, como se eu não soubesse, ou não pensasse mais, armazenada em algum lugar, mesmo nos melhores momentos de glória, de que podia matá-lo.

Quando cheguei, no primeiro dia, eles estavam já no meio da leitura de *Duas guerras*, de Fernando Costa, mas mesmo assim eu entendi a história, e já o título foi para mim um encorajamento, porque não tinha nem a nem o nem e. Era o método do artista, que tinha chegado aqui num daqueles aviões que passavam em cima lá de casa de madrugada, tinha vindo porque tinha esgotado seus meios, dizia, sentiu a força criativa desaparecer, e veio procurar o pior que houvesse no mundo, a realidade mais drástica, que ele chamava de real, como se falasse de Deus, que eu comecei a achar que era ele, veio buscar a experiência que estava perdendo onde morava, a experiência que seu trabalho também estava perdendo, seus quadros, que ele vendia por uma fortuna, qualquer coisa que quisesse, dinheiro que daria para sairmos dali, todos, para sempre, ele tinha só com seus quadros, mas sentia que estava perdendo, não o dinheiro mas a força para fazê-los, e no início pensei que essa força fosse só física, que ele falava de força física, e por isso precisava da gente, para o trabalho braçal, mas depois entendi que não, o que tinha se esgotado era outra coisa, o que tirava de nós era muito mais que o trabalho braçal, e me revoltei, mas guardei tudo no fundo da cabeça durante muito tempo, só não entendi logo que o que tirava de nós não sairia sem ele, e era essa a nossa desgraça, de que precisávamos saber, não devíamos nunca esquecer, segundo ele, que não sairíamos nunca dali, e ele estava certo. Era esse o método dele, pegava um livro e durante meses lia com os meninos e discutia durante as tardes, podia ser um livro qualquer e normalmente era ele que dava a idéia, era ele que trazia o livro. Quando eu cheguei eles já estavam lendo *Duas guerras*, depois descobri que para ele era uma espécie de Bíblia, gostava tanto daquele livro que chegou a escrever ele mesmo uma versão reduzida da história, que guardava num esconderijo sem nunca ter mostrado a ninguém e lia em voz alta, tarde da noite, quando acreditava estar sozinho na oficina. Da leitura saíam idéias, que discutíamos — e tudo o que ele queria era que trouxéssemos nossas experiências, lhe entregássemos nossas vidas — com nossas experiências, mas era ele que determinava se eram aquelas experiências que queria, na verdade vivia uma ilusão achando que estava tirando alguma coisa de nós, porque para ele bastava estar entre a gente para ter essa sensação de estar vivendo a mais drástica das realidades. Era ele que decidia tudo e, se sugava alguma coisa, nós não víamos. Da leitura e das discussões saíam as idéias dos trabalhos, imensas telas em geral, e em particular no caso de *Duas guerras*, telas gigantescas que nós mesmos montávamos na oficina para depois jogarmos as tintas, porque nesse caso literalmente jogamos as tintas sobre as telas e depois ficamos olhando por dias e dias, voltamos à mesa e discutimos, retomamos algumas passagens do livro e agora, quando aparecia alguma coisa que eu não via — e só podia ser então o a e o o e o e —, eu parava um instante, olhava para o artista, porque foi ele quem me ensinou a fazer assim, na falta de uma solução melhor, sempre que aparecesse alguma coisa que eu não conseguia ver, olhava para ele e dizia o a e o o e o e, mesmo se não fosse isso que estivesse escrito, mesmo se fosse apenas o a ou o o ou o e, eu dizia todos de uma vez, que era melhor que nada, segundo o artista, um primeiro passo, segundo o artista, e era assim que eu fazia.

Quando retomávamos a leitura era porque ele não estava contente com o resultado do trabalho, por isso o reinício era sempre irritado, cercado de mau humor, o que nos amedrontava ainda mais, e às vezes eu até tremia quando olhava para ele para dizer o a e o o e o e, e ele mandava eu parar de tremer, gritava para eu parar de tremer, e depois, no final, quando os meninos já estavam indo embora, me chamava num canto, me estendia a mão e me pedia desculpas, e eu estendia a mão também mas sem conseguir olhar para ele, intimidado com tanta magnanimidade, que só podia ser de Deus, e ao mesmo tempo com raiva, muita raiva mesmo, voltava a pensar em matá-lo, ao mesmo tempo em que o adorava, achava que gostava de mim se me estendia a mão e pedia desculpas, e depois, nos dias seguintes era a mesma coisa, porque ele não estava satisfeito com os resultados dos quadros que tínhamos feito a partir de *Duas guerras*, ficava buscando alguma coisa no texto que ninguém tivesse visto, como o a e o o e o e para mim, buscava alguma coisa extraordinária, pedia para falarmos das nossas experiências, do que aquele texto nos despertava e eu me lembro de que, morto de medo, depois de tardes e tardes em silêncio, só ouvindo, depois de mil hesitações, gaguejando, balbuciando, dei a entender que queria falar e todos os olhares se voltaram contra mim. Sei que estavam contra mim porque ainda era o mais jovem, o último a ter entrado, o pele, o bode expiatório, o ridículo, o deficiente que não conseguia ver o a e o o e o e. Balbuciei que tinha alguma coisa para dizer e o artista olhou para mim e me encorajou a prosseguir quando os outros já se preparavam para caçoar. Eu disse que não via nos quadros os estilhaços das bombas, o brilho das explosões. Foi tudo o que disse e o artista ficou em silêncio me olhando. Os garotos já cochichavam entre si e alguns, como o Pedro, já esboçavam o riso — mas para isso precisavam antes da aprovação do artista e olhavam para ele mendigando a autorização — quando o artista se levantou bruscamente da mesa e gritou para que fôssemos todos para onde estavam as telas enormes, encostadas nas paredes. Estava transtornado, passava a mão nos cabelos, já completamente desgrenhados, e pediu uma faca. Gelei. Queria uma faca. Vai me tirar um pedaço como castigo por ter falado. Pedro trouxe correndo a faca que tinha ido buscar na cozinha da oficina. Não, seu asno! Uma faca de ponta! Uma faca de ponta!, gritou o artista. E, logo que a empunhou, arremeteu contra o quadro e começou a furá-lo. De repente, parou. Pensou um pouco, enquanto continuávamos em silêncio, petrificados mais atrás, e virou-se para mim. Os olhos dele ardiam, me pegou pelo braço e me levou para trás da tela, enquanto outros três garotos a seguravam, me colocou de pé detrás da tela e começou a furá-la na altura dos meus olhos, dois furos na tela na altura dos meus olhos. Primeiro pensei que ia furá-los, suava, pensei que ia dizer: Se não vê o a e o o e o e, ou os estilhaços das bombas e as explosões, para que precisa de olhos?, mas não, furou apenas a tela, pediu que eu encostasse meus olhos ali, nos dois buracos, e correu para a frente enquanto os três meninos continuavam segurando o quadro. Fiquei imóvel, esperando pelo pior, e pelos dois buracos vi o artista ao lado do resto dos meninos, olhando para mim, subitamente gritar Bravo!

Passamos os dias seguintes furando as telas — apenas dois furos em cada tela, onze telas —, cada uma na altura dos olhos de um dos meninos. No último dia, cada um de nós foi colocado atrás de uma das telas, com os olhos grudados nos dois buracos, e com olhos brilhando como estilhaços de bombas, pequenas explosões, vimos o artista dançar e cantar na nossa frente, no meio das telas. Para mim, era a primeira experiência do sucesso, que eu não via, a obra bem-sucedida, as onze telas, cada uma com dois furos e os olhos cintilantes de um dos meninos, o que parecia enlouquecer o artista iria abrir portas, fazer o mundo vir abaixo, o que eu a princípio não entendia, encher de dinheiro os bolsos do artista, nos levar em turnês por vários países e galerias, como se fôssemos ídolos do rock. Aqueles olhos brilhando como estilhaços de bombas, explosões, por trás das onze telas tinham um efeito assustador não só para quem os via, de repente, sem que tivesse sido prevenido, dois olhos piscando por trás das telas, mas para nós — para mim pelo menos, porque era a primeira vez — que fomos levados com ele pelo mundo, posamos para os mais renomados fotógrafos, aparecemos nos principais jornais, fomos à televisão. Éramos ele e nós, e aquilo nos subia à cabeça, ele sabia, porque nunca tínhamos alcançado tanto, nunca tínhamos sequer imaginado que tudo aquilo podia existir, tanta glória, tanto prazer, e ele continuava nos alertando que, por mais que acreditássemos que conseguiríamos escapar, era tudo ilusão, estávamos condenados ao lugar onde nascemos, nenhum daqueles aviões que agora nos levavam a Londres, Nova York, Hong Kong, Sydney, Los Angeles, Kassel, Amsterdam, nenhum ia nos tirar dali. Nunca nos enganou a esse respeito.

Minha ilusão começou com a primeira turnê. Era sempre assim. Com todos os meninos. A ilusão começava com a primeira turnê e só se desmanchava depois de muitas outras, quando era tarde. Fomos com ternos sob medida. Ele nos comprou as melhores roupas antes de embarcarmos. Eu não sabia que podia haver nada assim. Foi pior saber. A ilusão veio da descoberta. Demorei para entender que era isso mesmo que ele queria, que soubéssemos que aquela vida não era nossa. Mas não pensou nas conseqüências, achou que estava lidando com uns pobres submissos. Será que nunca pensou que devia haver alguma coisa comigo, para eu não ver o a e o o e o e? Ele se arriscou demais. Digo que minha ilusão começou, porque achei pela primeira vez naquela viagem que se o matasse talvez conseguisse ter direito à vida que não era minha. Pela primeira vez, na primeira turnê, minha vontade de matá-lo, que eu tinha guardado bem no fundo da cabeça, deixava de ser resultado só da raiva. Passei a achar que podia ganhar alguma coisa com isso também. O mais estranho é que ele sabia. Sabia de tudo e um dia me esmurrou na galeria em Londres, na frente de todo mundo, ao ver minha alegria quando um jornalista disse que queria falar comigo em particular. Não me esmurrou na hora. Esperou o jornalista ir embora e me agarrou pelo pescoço, começou a gritar que tinha visto tudo, perguntou se eu pensava que ia conseguir escapar, ser independente, e ele mesmo respondeu que eu estava muito enganado, ou qualquer coisa do gênero. Tentei dizer que não era nada disso. Ele não me deixou falar. Um homem da galeria tentou apartar e levou um empurrão. O artista era um sujeito perturbado, todo mundo via, mas só eu sabia que no fundo ele via mesmo o que ninguém via, como Deus, via o que a gente pensava, via tudo, porque quando levei aqueles murros já estava pensando em matá-lo.

Ele explodia e depois, vendo que eu tinha sido tomado pelo medo, estava encolhido no meu canto (porque a raiva eu guardava no fundo da cabeça), vinha fazer a reconciliação, me dizia que eu era o mais inteligente, o mais sensível, e podia ter uma grande carreira pela frente se não fosse burro, queria dizer que eu devia ser submisso a ele, fazer o que ele mandasse, sempre, sem questionar nada e nunca me revoltar. Naquela noite, depois da briga na galeria, ele disse que eu podia dormir no quarto dele se quisesse, e não entendi que não podia recusar, na verdade o que estava dizendo era que eu ia dormir no quarto dele. Foi o que acabei fazendo, só para acordar no meio da noite, de um pesadelo horrível — acho que de algum jeito a gente sempre sabe o que vai acontecer —, e dar com ele dormindo profundamente com um dos braços em volta do meu pescoço.

As coisas nunca eram o que pareciam com o artista. Ele nos confundiu. Na terceira ou quarta viagem que fizemos, quando fomos a Tóquio, ele resolveu que ia cortar o cabelo de todos nós, todos iguais. Queria que embarcássemos todos com a mesma cara, uniformizados. Não sei o que me deu. Todos já tinham concordado, todos já estavam com o cabelo raspado, e eu era o último, porque era o último a ter chegado. Sempre tinha aceitado tudo o que ele mandava. Sempre acatei apavorado. Não sei o que me deu. Disse que não ia cortar o cabelo como os outros. Eu mesmo me surpreendi quando disse que não ia cortar o cabelo como os outros. O artista arregalou os olhos. Os outros arregalaram os olhos. Ele começou a rir, como se eu estivesse brincando e disse: Agora vamos. E eu repeti. Disse que não. Ele parou de rir. Ficou me olhando e achei que ia me matar. Já estava começando a tremer. Achei que seria o fim. Ou ele me matava ou me expulsava da oficina e aí seria minha mãe que me mataria. O rosto dele se contorceu de ódio e por uns instantes achei que ele tinha morrido de raiva, porque ficou imóvel, enrijecido, com o rosto torto. Não sei como explicar, mas de repente tive a impressão de estar vendo, por trás daquelas feições aterradoras, uma estranha expressão de prazer. Por incrível que pareça, uma expressão de orgulho, escondida atrás da aparência de ódio. O artista estava feliz. Mas era como se nem eu devesse ver aquilo. Estava regozijante, mas no rosto era só a raiva absoluta e eu achei que talvez estivesse vendo coisas.

Viajamos naquela mesma semana, todos de cabeça raspada, menos eu, como se não houvesse problema nenhum (mais: o artista me tratava agora como um príncipe), o que, se no começo deixou os garotos perplexos, a longo prazo só fez acirrar ainda mais o ciúme do Pedro. Na primeira noite em Tóquio, bem no meio da noite, como não conseguia dormir, pude perceber quando a porta do meu quarto, que eu dividia com mais outros dois garotos, se abriu e um vulto entrou. Meu coração disparou. Fingi que dormia. O vulto caminhou até a minha cama e tocou a minha cabeça. Era o artista. Ele pegou chumaços do meu cabelo com uma das mãos e com a outra, imitando uma tesoura com os dedos, fez como se os cortasse. Repetiu o mesmo movimento durante alguns segundos. Será que não passou pela cabeça dele que podia me acordar? Mas parou de repente, e começou a me acariciar os cabelos. Depois, saiu pé ante pé, para não me acordar. Não podia resistir. Era maior que ele. Pensei que se algum dia dissesse isso, iam pensar que eu estava mentindo. Mas era assim que as coisas aconteciam e foi só porque resolveu falar, eu acho — ainda que a versão oficial tenha sido a de que já tinha passado da idade —, foi só por isso que o Pedro acabou dispensado da oficina quando voltamos da minha terceira ou quarta turnê, quando fomos a Tóquio. O artista não tinha percebido que ele tinha falado a um jornalista americano e o artigo só foi publicado na revista depois de termos voltado ao Brasil. O artista ficou louco quando leu. É verdade que ele tinha problemas com os jornalistas, mas não sei o que tinha dado no Pedro daquela vez, que era um puxa-saco, o preferido quando eu cheguei, e fazia tudo o que o artista mandava ou pedia. É verdade que já estava com quase dezoito anos, quase um homem, e ninguém ficava ali com mais de dezoito anos. Talvez tenha falado por ingenuidade, porque achou que ia ter que sair mesmo da oficina e que aquela era a sua chance de contar tudo ao jornalista e ser salvo. É lógico que não queria voltar. Sabia que era a sua última turnê e jogou muito alto. Só que perdeu tudo. É uma história bem terrível a do Pedro e foi só com a morte dele, eu acho, que a minha vontade de matar o artista, mesmo guardada lá no fundo da cabeça, se transformou em projeto.

Quando entrei para a oficina, o Pedro ficou perturbado. Achou que eu estava tirando o lugar dele. Estava certo. Seria o próximo a ser dispensado, mesmo sendo o mais servil, o maior puxa-saco que eu já tinha visto. De todos os garotos, era ele o que mais zombava de mim — não perdia uma oportunidade — sempre que eu não conseguia ver o a e o o e o e. No começo, tudo era motivo para me sacanear, queria me foder mesmo, mas de repente percebeu que não estava agradando ao artista — e ninguém ali era coisa nenhuma quando não agradava ao artista. Levou uma série de foras até entender que, para me sacanear, teria que esperar quando o artista não estivesse por perto. Chegou a me deixar trancado na oficina uma vez que o artista me encarregou de passar a primeira mão de tinta nas telas e o Pedro pediu para ficar também e sair por último, fingindo que me ajudava quando todo mundo já tinha ido embora. Tive que dormir na oficina, dormi sem comer, quase não dormi, deitado no chão, assustado com os ratos. Já na primeira viagem, em Londres, ele também me fez subir num ônibus errado, sozinho, e depois o artista teve que ir me buscar no consulado, para onde fui levado por um guarda que me achou na rua chorando, perdido. Fui uma pedra no sapato do Pedro, mas nem cheguei a ficar com raiva dele, em parte porque toda a minha cota já tinha sido reservada para o artista, mas também porque tudo acabou muito depressa, foi só o artista bater com os olhos naquela revista com a entrevista feita em Tóquio (que mandaram para ele dos Estados Unidos, com duas semanas de atraso, o que o deixou ainda mais furioso) para que o escorraçasse dali na nossa frente, xingando ele de tudo, de filho da puta, e nós o vimos chorar de joelhos e pedir perdão ao artista. Pedir para ficar.

Nos meses seguintes, agora que eu já voltava sozinho para casa, minha mãe não precisava mais ir me buscar na oficina, tive várias vezes a impressão de estar sendo seguido, até que confirmei, numa das noites mais quentes, que o Pedro me observava. Fingi que não tinha percebido e continuei até um beco que desembocava nos antigos trilhos do trem. Entrei ali e me escondi atrás de um muro e esperei ele aparecer. Ficou desnorteado ao perceber que aquele era um beco sem saída e que tinha me perdido. Estava bem mais acabado. Talvez estivesse de novo nas drogas, como falava minha mãe, fulano está nas drogas, porque tinha ouvido uma mulher falar assim na televisão. Vi que tinha ficado nervoso. Estava perdido. Saí de trás do muro. Ele se virou para mim apatetado. Ficou ao mesmo tempo aliviado e envergonhado. Não estava mais sozinho, tinha que reconhecer que tinha me seguido. Perguntei por que ele tinha me seguido. Juntei todas as minhas forças. Na verdade, também estava com medo, mas na hora que falei, depois de um instante imóvel, como se minha voz o tivesse petrificado, ele me contou que estava sendo perseguido, estava com medo, tinha medo de morrer. Foi como se eu não tivesse ouvido. Perguntei de que ele tinha medo. Ele repetiu que tinha medo de morrer. Eu disse que todo mundo tinha. Ele falou dos homens que o estavam perseguindo. Perguntei que homens. Perguntei por quê, e nessa hora ele me olhou com os olhos arregalados e foi se afastando de costas até sair correndo e desaparecer na esquina do beco com a rua. Achei que estivesse drogado mesmo. Não fui atrás dele. Não fui amigo dele. Não entendi do que estava falando. É muito difícil ver e ouvir o que aparece a sua volta quando você menos espera.

Na semana seguinte, saí por último na terça-feira, como toda terça-feira (cada um tinha um dia de plantão na oficina), e ele estava me esperando do lado de fora. Apareceu enquanto eu fechava a porta da escada. Pediu que o deixasse entrar. Eu disse que não, mas ele implorou. Parecia inofensivo. Disse que precisava ver o que estávamos fazendo. Subi com ele. Quase caiu na escada. Lá em cima, mostrei a ele alguns trabalhos. Era uma nova série sobre o *Duas guerras*. Mais uma. Eu expliquei isso a ele. Perguntei por que ele não largava as drogas. Ele respondeu que não podia mais, que eles davam para ele. Perguntei quem eram eles e ele não disse mais nada. Disse que eu ia acabar como ele. Pediu se podia dormir ali, na oficina. Não sei por que não consegui dizer não. Ele podia ter quebrado tudo, mas senti que estava sendo honesto. Queria apenas poder dormir uma noite em paz. Eu concordei, mas disse que levaria a chave e que voltaria no dia seguinte, bem cedo, antes dos outros, para abrir para ele. Cheguei antes de todos, com o sol nascendo, e quando subi ele não estava mais lá. As janelas estavam abertas e por um instante, porque não conseguia imaginar outra explicação, achei que ele tinha pulado do primeiro andar. Nunca mais o vi. Mais tarde, chegou a me passar pela cabeça que talvez o artista tivesse ido à oficina naquela noite e aberto a porta para o Pedro sair. Depois essa hipótese sumiu e só voltou meses depois, quando tentei pensar os fatos retrospectivamente, com a morte do Pedro.

* * *

Naquela manhã — porque tudo tinha acontecido havia mais de uma semana mas o corpo só foi descoberto naquela madrugada — nós não sabíamos de nada e estávamos de volta em torno da mesa, fazendo a milésima leitura de *Duas guerras*, porque o artista sempre voltava àquele texto quando sentia a inspiração desaparecer, não estava contente com o resultado do trabalho, queria que nos emocionássemos, gritava que não estávamos nos emocionando — e o texto para ele, como eu disse, era uma fonte — quando a mulher entrou na oficina. Era uma mulher baixa, com uma minissaia, os cabelos despenteados e muita maquiagem. Estava desnorteada. Como era muito jovem, não pensei que pudesse ser ela, demorei a entender, até ela tentar balbuciar alguma coisa e não sair som nenhum da boca, daquela gosma de saliva que parecia ter colado os lábios um no outro, até o artista se levantar da mesa e estender o braço como tinha feito para mim quando pisei pela primeira vez na oficina, como se quisesse ampará-la, porque com a entrada daquela mulher ele mudou de comportamento, parou de gritar subitamente como se já soubesse o que ela ia dizer, antes de ela dizer, porque não saía som da sua boca, ainda que tentasse balbuciar aquele nome, o nome do filho, o artista se levantou como quem já soubesse, e foi o que me despertou a primeira desconfiança, levantou-se e aproximou-se dela, enquanto ela tentava balbuciar mas estava entupida e ele parecia não querer ouvir, já saber e não querer ouvir, e os braços estendidos podiam parecer menos um sinal de apoio que de quem tenta dizer: Não, não diga nada, eu já sei, foi assim que ele se aproximou dela e disse finalmente: Carmo, e nessa hora, quando ouviu o próprio nome, ela conseguiu emitir o primeiro som, o nome do filho, Pedro, ela disse com o rosto em erupção, a boca, os olhos e o nariz em erupção, ela contou como o corpo havia sido achado, embrulhado em jornais, num mangue da Baixada, desfigurado e sem os órgãos, ela gritou, os órgãos que eles tiraram para vender e nessa hora o artista deixou os braços caírem, a cabeça despencar, parado diante daquela mulher que também não se mexia mais, e deu um urro que nós ouvimos calados, como tínhamos feito durante toda a cena, desde que ela entrou, sem que entendêssemos direito o que havia acontecido, porque era melhor não entender, nem se tinha acontecido, se era só imaginação, como o artista tinha nos ensinado, que a imaginação move montanhas, ele dizia diante do texto de *Duas guerras*, e nós não sabíamos mais o que estava acontecendo e era melhor assim.

Minha mãe ouviu da boca de uma mulher que acompanhou Maria do Carmo até o mangue onde acharam o corpo embrulhado em jornais — porque era essa a história que todo mundo sabia, que desde que tinha engravidado daquele menino, tinha perdido toda a família, não tinha mais ninguém, foi esquecida pelos pais, que a obrigaram a ir embora e acabar ali, naquele buraco, sozinha com a criança —, por isso, porque não havia mais ninguém, aquela mulher a acompanhou quando acharam o corpo e depois disse à minha mãe que quando começaram a desembrulhá-lo e por fim Maria do Carmo reconheceu a mão do filho desfigurado, teve uma crise de nervos e gritou: Matem! Matem ele! É melhor que morra!, e a mulher que a acompanhava teve de segurá-la quando ela se jogou sobre o corpo, teve de segurá-la e dizer: Ele está morto, Carmo, enquanto ela continuava gritando: Matem! Matem o meu filho! Que Deus lhe dê outra chance, que talvez dessa vez ele vai ter sorte, vai ter mais sorte!, e só acalmou depois de a mulher repetir várias vezes: Carmo, ele está morto!, mas mesmo mais calma, sem gritar, agora soluçando apenas, ela continuou: Morre, Pedro, morre, meu filho, que é melhor para você, continuou repetindo a mesma coisa ao deixar o mangue, dentro do carro em que a colocaram, em casa, até a voz sumir e a língua começar a enrolar na boca que era só um cuspe espesso, e depois pelas ruas, quando decidiu ir à oficina do artista.

Por que teria ido à oficina do artista?, eu pensei depois mas não perguntei a ninguém. O artista desapareceu com a morte do Pedro. Na noite depois de ter recebido a visita da mãe, aquela mulher que o encarou paralisada e com o rosto em erupção. Sumiu simplesmente, sem que ninguém soubesse para onde. Poucas horas antes de desaparecer deixando tudo para trás, na noite daquele mesmo dia, porque era meu plantão e estávamos só nós dois na oficina, perguntei a ele o que havia acontecido, por que o Pedro tinha sido assassinado daquele jeito e, dessa vez, em vez de repetir cheio de si que estávamos todos condenados, que aquele era o nosso inferno e nunca mais íamos sair dali, como ele tinha feito tantas vezes, como um deus que arroga destinos, ao invés disso, ele que estava largado desde de manhã, desde quando a mãe do Pedro se prostrou diante de nós, imobilizada, ao invés de falar de cima, como tinha feito tantas vezes, ele que estava agachado com as mãos na nuca me olhou nos olhos e disse que era só a minha imaginação e que se eu tinha uma imaginação tão fértil devia pintar sobre tudo o que via, que não era a realidade, era só imaginação, mesmo eu jogando meu irmão pela janela, mesmo eu não vendo o a e o o e o e, mesmo o Pedro costurado dentro dos jornais, o Pedro já sem os órgãos que eles tinham tirado para vender, disse que era minha imaginação tudo o que tínhamos ouvido, eu e ele, sorriu e disse que eu imaginava, tinha um grande talento para a imaginação e devia usá-la na pintura, mesmo a realidade que eu e ele víamos, a minha história e a dos meus amigos, que ele veio roubar, era tudo imaginação.

No dia seguinte, quando chegamos à oficina, ele já não estava, e nunca mais apareceu. Não me espantei quando meses depois os jornais deram que uma quadrilha que fazia o comércio de órgãos entre a Baixada e o exterior tinha sido presa mas que o chefe tinha escapado.

Quando desapareceu, a única coisa que pensei foi o que faria com a raiva que tinha guardado num canto da cabeça, bem no fundo, para o dia em que pudesse matá-lo. Mal pensei e ela já estava de volta. Tive de me controlar para não matar qualquer um na rua. De certa forma os ensinamentos do artista, ainda que enlouquecedores, foram úteis, me fizeram compreender que ali, na Baixada, que era o nosso destino, como ele sempre dizia, de onde nunca poderíamos escapar — dizia que nosso destino era como o interior de um corpo, onde tínhamos sido colocados, e que tentar sair era suicídio —, ali qualquer ação seria contra mim mesmo, porque na Baixada a raiva é tão grande que chega uma hora em que você atira em si mesmo, e isso pode ser por descuido ou porque a raiva é tanta, que não pode mais se livrar dela, quer escapar daquele corpo e não pode a não ser se matando, não dá para saber mais se é raiva ou descuido. Como a história daquele policial que voltava para casa no trem outro dia. A mulher e o filho de quatro anos o esperavam na estação. Ao vê-lo, o menino veio correndo e pulou em seus braços. O policial beijou o filho, o apertou em seus braços. A mulher veio atrás. Ele a beijou no rosto. Enquanto conversavam distraídos, e o filho sempre nos braços do pai, o menino tirou o revólver do coldre e atirou no peito do policial. Você nunca sabe se é raiva ou descuido. Com todas as provocações, todas as injustiças, o artista me ensinou a administrar essa raiva a que eu estava condenado, como qualquer um na Baixada, e que ainda estava bruta no dia em que joguei meu irmão pela janela. Na Baixada, você nunca sabe se é por bem ou por mal. Você sente apenas o calor que te puxa para baixo e te cola os sapatos no chão. Administrei essa raiva depois que ele desapareceu, por dois anos, até ouvir que um artista estrangeiro — só podia ser ele — estava distribuindo dinheiro nas favelas. Veio para pagar o que nos roubou.

Dizem que ele joga as notas pelos ares e o povo corre, atira-se no chão, digladia pelas notas. Ainda não vi essa cena. Mas só de pensar me dá nojo. É para isso que voltou? Vou segui-lo e encontrá-lo. Não esperei tanto tempo à toa. E desta vez não haverá engano. Irei até onde ele for, deixarei ele descer do carro e darei três tiros, porque errarei o primeiro, que vai entrar na barriga, o segundo no peito e por fim na cabeça, que nem sei mais se é por bem ou por mal. Posso errar o primeiro, mas não vou me enganar. Não vou nem olhar para cima, para as nuvens passando, que são iguais em qualquer lugar e para qualquer um, porque a essa altura já vou ter percebido que deixei de acreditar. Depois, ao lado do buraco da segunda bala, no peito, vou escrever oaeooeoe, e vou ler em voz alta.

2
O PAÍS DO DINHEIRO

    Mesmo se ninguém lembrar, mesmo assim, eu sei, mesmo se já não posso ver, lembrei hoje quando ela me falou da fotografia do pintor no jornal e leu o artigo em voz alta, mas não posso dizer a ninguém, vão dizer que estou inventando, virei para minha filha, enquanto ela lia, e tentei, mas ela não ouviu, não deu bola, depois pediu desculpas e colocou a culpa na menina, minha neta, que veio correndo e chorando, porque tinha caído, minha filha pediu para eu continuar, mas preferi não dizer mais nada e ela logo se levantou e disse que tinha que ir embora, como eu havia imaginado mesmo, não tinha nada a ver com minha neta o fato de ela não me escutar, acham que estou caduco desde que minha mulher morreu, mas não estou e a prova é que, quando minha filha leu esse artigo sobre todo o processo, hoje, no jornal, me lembrei perfeitamente daquela palestra do pintor, quando de repente, do meio da platéia, um rapaz se levantou e disse que conhecia um lugar onde o trabalho dele não daria certo, me lembro de que disse "o verdadeiro país do dinheiro" ou "o país do dinheiro real", qualquer coisa assim, onde o pintor não conseguiria nada, sua obra seria insignificante, não teria nenhum efeito, seria varrido pela realidade, e como não parava de falar tive que levantar discretamente a mão para o guarda no fundo da sala, já que era eu o mediador da mesa, o responsável pela noite (naquela época meus olhos ainda não tinham me traído), levantei a mão discretamente depois de ter pedido para o rapaz deixar outros fazerem suas perguntas e ele insistir assim mesmo, achei que era um louco, como sempre há nesse tipo de palestras, se não loucos, pelo menos jovens muito entusiasmados, ainda muito jovens para ver a moderação com bons olhos, por isso levantei a mão, porque a certa altura o pintor se irritou e olhou para mim, não queria responder, e não tinha o que responder mesmo, não era uma pergunta, era um desafio, mas ali ele não entendeu assim, o que talvez tenha sido pior, o melhor teria sido resolver tudo ali mesmo, concordar, dizer que realmente era impossível no "verdadeiro país do dinheiro", deixar o rapaz ir embora satisfeito, achando que tinha convencido, tinha abafado, mas não, levantei a mão para o guarda e dois seguranças vieram lá de trás e o retiraram à força, com ele perguntando o que era aquilo, não era louco nem nada, o que significava aquilo?, não tinham o direito, que o deixassem fazer o desafio, porque conhecia um país onde nada daquilo daria certo.

Pelo artigo, que trata do delírio daquela aposta, depreende-se que, no dia 11 de maio, cinco meses depois da palestra portanto, um rapaz bem-apessoado adentrou uma vila de Notting Hill, em Londres, procurando a casa de número 5 — a versão é da advogada de acusação, por assim dizer, a brasileira, que descreveu a cena à corte. Só eu sei que era o mesmo rapaz, mas se disser vão achar que estou caducando. Só podia ser o mesmo rapaz da palestra de Paris. Bateu à porta. Um homem com o rosto que ele achou já ter visto numa nota holandesa veio abrir.
"O que quer?", perguntou.
"Queria falar com o senhor Kill. É aqui que ele mora?"
"Qual o seu nome?"
"Ele não me conhece."
"É sobre o quê?"

"É difícil de explicar. Gostaria de falar com ele."

"Se não consegue explicar para mim o que quer com o senhor Kill, como pode achar que vai conseguir quando estiver na frente dele?"

"Por favor. É importante."

"O que é?"

"É só com ele, por favor."

"A escolha é sua. Se acha que não mereço ouvir o que veio dizer ao senhor Kill, por que devo agir de maneira diferente com você?"

"Se você quer tanto saber, vim propor um desafio a ele", disse o rapaz, afinal, exasperado. "Mas não é um desafio qualquer. É difícil. É por isso que eu não queria falar. Você vê? Não dá para explicar a você. Por favor, me deixe entrar."

"Um desafio?", disse o homem inicialmente surpreso e em seguida esboçando um sorriso de despeito mas no qual, sem que o rapaz percebesse, já havia uma ponta de interesse.

"Eu sabia que você não ia entender. Não é o que está pensando. É sério. Por favor, me deixe entrar. Se ele me ouvir, vai entender."

O homem olhou o rapaz dos pés à cabeça. O blazer de lã azul-marinho e a gravata dourada. Depois, abriu mais a porta e fez um gesto com a cabeça, indicando-lhe o caminho para dentro da casa.

O rapaz ficou em pé ao lado do sofá de veludo vermelho até o homem estender-lhe a mão e pedir que se sentasse. O rapaz sentou-se e girou os olhos pela sala (as vigas de madeira no teto, a mesa com os livros empilhados desordenadamente e uma lâmpada de trabalho acesa, os quadros com notas de dinheiro...).

"Ele já vem", disse o homem ao pé da escada, olhando pelo vão para o andar de cima. "Você quer alguma coisa? Um café?"

"Não, obrigado", disse o rapaz. "Não tomo café."

"Com licença, então", disse o homem, antes de desaparecer pela cozinha.

Só minutos mais tarde o rapaz ouviu passos nos degraus da escada e, de repente, aquele vulto enorme, sombrio, com o cabelo despenteado caindo em cima do rosto e as feições brutas.

"Um desafio...", disse o sr. Kill, em tom de zombaria, ainda no meio da escada, como quem tinha ouvido tudo, era uma casa pequena.

O rapaz, atrapalhado, parecia ter perdido a voz. "Na forma de uma aposta", balbuciou por fim, levantando-se.

Por um instante, achou que aquele era o mesmo homem que lhe tinha aberto a porta. Mas depois tirou isso da cabeça. Pensou que o teria reconhecido.

Ele não esperava aquele calor, nunca tinha pisado ali, nunca tinha visto nada parecido, um bafo úmido que colava as camisas às costas e as calças nas pernas e a vontade era abrir os braços em cruz e ficar assim, imóvel, para o resto da vida, crucificado.

A mulher do consulado disse: "É só até o carro. Depois, a gente entra dentro do ar condicionado e não sai mais. A primeira impressão é sempre a pior, eu lhe garanto".

Foram em silêncio até o cais do porto. Quando faziam a curva do elevado em frente ao mosteiro de São Bento, ela se virou de novo para ele e perguntou: "Desculpe a intromissão, mas qual é mesmo o motivo da sua visita?".

"Um desafio", disse o sr. Kill.

A mulher, magra e frágil, com o cabelo ralo e vermelho encaracolado na altura do pescoço, arregalou os olhos, sem qualquer vestígio de humor.

Kill olhou para ela satisfeito: "Me disseram que eu não seria ninguém enquanto não conhecesse o país do dinheiro".

* * *

Fui um dos primeiros a escrever sobre o trabalho de Kill, o que me transformou naturalmente num especialista. Fui chamado para organizar sua primeira retrospectiva, em Rotterdam. Não é por acaso que presidia aquela mesa. O que mais me atraiu no trabalho de Kill quando o vi pela primeira vez numa galeria inexpressiva foi exatamente a inexpressividade. Aquilo não era arte. E, no entanto, ele dizia que era. Quando começaram a processá-lo, quando o prenderam no Canadá, era o que ele alegava. Eram desenhos, era arte. Nunca entendi se o que dizia era também uma forma dessa arte ou se ele de fato acreditava no que dizia, e nesse caso seria menos sofisticado do que pretendíamos. Não fazíamos — eu e os outros dois ou três críticos que procuravam entender aquele fenômeno — o elogio do cinismo, muito pelo contrário, achávamos que era o contrário, embora, se me perguntassem hoje, já não saberia defender Kill com tanto afinco. Quando digo inexpressividade, estou me referindo ao potencial daquele trabalho de torcer a realidade sem se deixar perceber, ou mesmo quando deixava perceber sua precariedade. Ao contrário da arte conceitual ou outras artes, que precisam ser reconhecidas como arte para causarem algum impacto — pensem em Duchamp, por exemplo —, ao contrário, o trabalho de Kill perdia-se na realidade, era como um vírus injetado na realidade, que ele desorientava mas de dentro, e aquilo me pareceu talvez o caminho para uma nova arte, visto o esgotamento do mercado e da sucessão de novidades que eram produzidas sob o epíteto de obras-primas.

Kill desenhava notas aparentemente idênticas às que existiam em todos os países por onde passava. Mas eram apenas semelhantes. Seu projeto era morar alguns meses em diferentes países e espalhar no mercado notas desenhadas à mão (por isso, dizia que era arte; tinha uma perspectiva quase renascentista, artesanal), cópias muito parecidas do dinheiro local. A certa altura, ele próprio informava às autoridades, aos jornais, à mídia o que tinha feito. Na verdade, as notas circulavam mais por distração de comerciantes e consumidores. O pânico do mercado fazia parte de seu trabalho também. Ia parar na justiça, como falsário, e seus argumentos também faziam parte do trabalho — os processos eram gravados e exibidos em seguida em museus, ao lado das notas. Era como se o mundo que o envolvesse — ou por onde passassem as notas — fizesse parte do trabalho. No início nenhum de nós percebeu a onipotência desse projeto, que achávamos apenas subversivo e perturbador de um mercado já quase morto. Mas o que era eu já não sei mais depois deste artigo que descreve o processo final — que nada tem a ver com os anteriores — em conseqüência da passagem de Kill pelo Brasil.

A versão é da advogada de acusação, por assim dizer, a brasileira: em Londres, Kill e o rapaz, que estava terminando seu doutorado em história da arte, teriam firmado um acordo onde ficava formalizado o desafio — ela apresentou o documento, o mesmo que a defesa preferiu omitir. Ambas as partes se comprometiam a pagar quinhentos mil dólares se perdessem a aposta. O advogado de Kill, de defesa por assim dizer, lembrou durante o processo, com a intenção de invalidá-lo, que o rapaz nunca teve esse dinheiro disponível e que portanto havia blefado desde o início, mas era uma argumentação fraca, já que Kill devia ter previsto tudo isso antes de assinar. O rapaz pretendia usar a história de Kill no Brasil, a tentativa de realizar seu trabalho no Brasil, que esperava ser um fracasso, como tema e ilustração de sua tese de doutorado em que tratava da prevalência da realidade sobre a arte, a hegemonia, a preponderância. Parece que Kill achou graça nisso tudo e embarcou no que era obviamente um delírio, imbuído de um espírito sadomasoquista, no início ainda pouco definido mas que logo ganhou contornos drásticos. É difícil concluir pelo artigo que minha filha leu para mim em voz alta se Kill aceitou o desafio para ganhar ou perder. Se o desejo que o levou ao Brasil era a ambição de confirmar a força de seu trabalho, sua invencibilidade (de fato, toda a obra tinha sido erguida sobre o desafio, transformando até mesmo os processos, que nunca perdeu embora tivessem tudo para interditá-lo, em alimento do próprio projeto), ou uma compulsão autodestrutiva maior que si mesmo. O artigo deixa a dúvida de que talvez todos os desafios de Kill ao mercado, tanto de arte como de bens em geral, ao mundo do dinheiro, tivessem sido desde sempre um processo de autodestruição. Cá para mim, sempre achei que, no fundo, este jornal era bastante reacionário.

Fica pouco claro também o motivo daquele processo, diferente de todos os outros que sofreu Kill, se o rapaz que entrou com a ação o fez como uma cartada final na destruição do pintor, para demonstrar sua tese de doutoramento de que havia um lugar no mundo onde a obra não podia funcionar, que a obra não era universal, a realidade era de fato mais forte que a arte, um anti-romantismo extremo, ou se, ao contrário — o que me parece mais plausível, já que não havia possibilidade de ganhar a ação, aquilo era apenas mais um delírio —, não haveria um mimetismo por parte do rapaz, uma adoração e uma admiração maiores do que se podem imaginar, e que o processo era sua última homenagem a um artista fenomenal. Não sei se é a minha leitura tendenciosa. A própria tese do rapaz, cujo resumo é descrito no artigo, parece levar à conclusão de que é por não ser onipotente que o trabalho de Kill é fenomenal, é justamente por não poder vencer a realidade que a arte de verdade a desafia, que a beleza desse romantismo está no fracasso. Ou talvez seja apenas eu.

* * *

Se Kill trabalhava para desnortear o sistema financeiro, porque acreditava que esse mesmo sistema estava corroído e podre, que a crise internacional não era passageira mas o sintoma do fim, é muito possível que o rapaz, um estudante brasileiro em Londres, um admirador evidente e certamente ingênuo, pela veemência com que falou durante a palestra em Paris, estivesse seguindo os passos do "mestre" e quisesse desnortear também o sistema judiciário de um país onde não apenas o dinheiro mas as leis já estivessem todas corrompidas. É difícil concluir o que pode ter passado pela cabeça desse rapaz — ou era muito burro ou muito inteligente; não pode haver meio-termo — para entrar com o processo depois de tudo o que aconteceu, e mais difícil ainda imaginar como conseguiu convencer a advogada a aceitar o caso. Só consigo pensar na veemência com que esbravejou durante a palestra em Paris. Ninguém com a cabeça no lugar poderia pensar em ganhar um processo como aquele. Tendo a pensar na hipótese da homenagem. O processo como a última celebração do pintor, e o rapaz como um sujeito muito inteligente e sensível, mas hoje todos, a começar pela minha filha, se irritam com a minha benevolência.

Havia um prazo no desafio. O pintor teria que ser bem-sucedido em um ano ou perderia a aposta. Começou a desenhar as notas assim que chegou, mas logo percebeu a que se referia o rapaz quando dizia que sua obra não teria o menor efeito no "verdadeiro país do dinheiro" (é importante notar que, logo no início de sua carreira, num dos primeiros processos, o pintor se referiu a seu país natal, a Holanda, como "o país do dinheiro", o que dava ainda mais sentido ao desafio do rapaz). Kill escolhia a cédula com o valor mais alto e até conseguir inseri-la no mercado já não valia mais nada. Era incrível a rapidez com que se desvalorizava. De início ficou desnorteado, passou a trabalhar feito um louco, numa rapidez assombrosa, o que era incompatível com seus métodos de artesão, para tentar concorrer com a inflação galopante, e os sinais dessa sobrecarga começaram a se fazer sentir nas próprias notas, que foram tornando-se cada vez mais mal-acabadas aos olhos de qualquer leigo. É verdade que Kill costumava colocar sua própria efígie ou assinatura nas notas e outras brincadeiras geralmente imperceptíveis, fazendo com que nunca fossem cópias idênticas do dinheiro real, o que evitava seu enquadramento como falsário sem, porém, comprometer a inserção das cédulas no mercado, aquela verossimilhança apenas superficial mas suficiente para enganar os olhos distraídos e apressados dos consumidores. O que acontecia agora, no entanto, é que a pressa de fazer o dinheiro entrar em circulação enquanto ainda valia alguma coisa comprometia o próprio desenho das notas, um mínimo de verossimilhança necessário para que pudessem ser aceitas pelo menos uma primeira vez.

Aos poucos, quando percebeu que não conseguia mais colocar as notas em circulação (nos outros países civilizados onde havia trabalhado, quando isso ocorria por falta de verossimilhança, o pintor abria o jogo, explicava a razão do trabalho e não era raro que encontrasse interlocutores cúmplices que, ao compreenderem o projeto do artista, aceitavam as notas de bom grado, o que se mostrou impossível no "verdadeiro país do dinheiro"), sempre segundo a advogada de acusação, por assim dizer, essa obsessão, a corrida contra o tempo, tomou conta de Kill, que em sua loucura passou a procurar obstinadamente contatos dentro de órgãos administrativos, dentro do Banco Central, do Ministério da Economia, da Casa da Moeda, alguém que pudesse lhe passar por baixo do pano os desenhos das novas notas que ainda estavam sendo confeccionadas para substituir as que tinham perdido seu valor original. Precisava se adiantar se quisesse que suas notas fossem lançadas com o valor real. Era preciso que estivessem prontas ao mesmo tempo em que as notas reais. Foi a Brasília inúmeras vezes nos primeiros meses. Tentou todos os caminhos. Até que entendeu o sistema e começou a gastar mais do que podia. Tentou corromper funcionários, acabou com os mais baixos depois de perceber que não teria dinheiro suficiente para satisfazer as autoridades, a quem se dirigira inicialmente. O desespero de que ali a realidade fosse mais forte, de que o sistema de regras criado pelos homens fosse fraco demais, frouxo demais para fazer face à brutalidade desses mesmos homens, de que de pouco servia tentar desnortear o sistema financeiro num lugar onde esse mesmo sistema já se ocupava disso, fez com que Kill mergulhasse de cabeça em armadilhas primárias que os autóctones tinham aprendido a evitar ao longo de anos de prática. Gastou mais do que podia. Sobretudo porque não pensou em aplicar o dinheiro real que tinha levado e que se desvalorizava dia a dia, de tão preocupado que estava com o falso. Quando percebeu já era tarde. Estava tão obcecado em acompanhar a inflação com as notas falsas, com sua obra de arte, que tinha se esquecido das reais.

O que o deixava ainda mais louco é que ninguém ligava para suas notas, cuja inverossimilhança era progressiva. Nem os consumidores nem a lei. Elas desapareciam no meio de uma realidade muito mais veloz, quando não eram simplesmente recusadas. O golpe final veio quando o governo decidiu, do dia para a noite, e quando toda uma nova fornada de suas notas já estava pronta, que na semana seguinte o dinheiro passaria a ter outro nome. Foi quando se deu uma estranha mudança em seu comportamento e ele pareceu esquecer o que tinha ido fazer ali. Pouco a pouco foi abandonando a confecção das notas, começou a beber e passou a freqüentar jantares e festas a que era levado pelo rapaz que lhe havia feito o desafio e que é pintado como uma espécie de Mefistófeles pelo artigo, mas obviamente não pela advogada de acusação, por assim dizer. Numa dessas festas, conheceu uma atriz, que o artigo classifica sarcasticamente como "shakespeariana" e cita como exemplo uma cena inconcebível no mundo ocidental, onde, interpretando lady Macbeth aos gritos, sob a direção do marido, ela se precipitava sobre um espectador na platéia e punha-se a masturbá-lo. Kill chegou a colocar a efígie da atriz numa série de notas, uma das últimas séries, o que já demonstra qual era o seu estado a esta altura. Foi se esquecendo aos poucos do desafio, bebendo para esquecer, e passou a viver como os autóctones, da única forma possível num mundo daqueles.

Houve dias em que, completamente drogado ou bêbado, saía das festas de madrugada, tomava o carro e ia até o subúrbio, onde jogava suas notas à multidão, que acorria aos gritos de felicidade. Isso começou quando percebeu, para culminar, que, assim como havia se aproximado dele, a atriz agora se afastava. Na realidade, foi súbito, num jantar a que chegaram juntos e onde ela reencontrou o marido, um diretor de teatro (o artigo diz que é reputado pela forma como faz seus atores gritarem), de quem tinha se separado por uns meses e com quem acabou passando a noite, assim, sem mais nem menos, sem dar satisfações a Kill.

Nunca pisei no Rio de Janeiro — o artigo me acendeu essa vontade, embora já esteja velho e o que contam me assuste —, mas consigo imaginar pelo que diz a reportagem como devem ser essas festas em apartamentos suntuosos enquanto a alguns metros, num dos morros que, como já me disseram, cercam a baía, uma verdadeira guerra entre traficantes e bandidos de toda a espécie prossegue seu dia-a-dia.

Foi ao sair de um desses jantares que acabavam sempre se transformando em festas, de madrugada, sozinho, com a intenção de seguir pela avenida Brasil, segundo o artigo, até a Baixada, que Kill desapareceu e foi encontrado dois dias depois, com um tiro na cabeça, um no peito e outro na barriga e, ao lado do buraco da bala no peito, uma inscrição indecifrável, que a polícia e os investigadores simplesmente abandonaram depois de inúmeras tentativas e hipóteses: oaeooeoe. O assassino (a polícia não descarta a hipótese de ser uma quadrilha) não foi encontrado. Imagina-se que, sabendo das notas (mas não tudo sobre elas), agiu com o objetivo de assaltá-lo. Um grave engano. O assassino talvez tenha perdido a cabeça quando Kill lhe entregou as notas falsas. Se há uma coisa que a polícia não deixa de avisar aos turistas que chegam ao Rio de Janeiro é: nunca subestime a inteligência dos assaltantes.

O processo contra Kill foi aberto três meses depois do incidente, o que, para mim, confirma a hipótese de que tenha sido na realidade uma homenagem — para que teriam esperado tanto, pensado tanto, se o objetivo fosse apenas recuperar o dinheiro, se fossem realmente tão ingênuos e crédulos? Não é a imagem que guardo daquele rapaz na conferência de Paris — e não tenho muitas dúvidas de que fosse o mesmo — se levantando de repente, interrompendo os conferencistas e dizendo que conhecia um lugar onde as notas de Kill não teriam o menor efeito. Querem fazer uma aposta?, ele tinha perguntado, enquanto metade do público indignado balançava a cabeça ou gritava para ele sentar e calar a boca. Onde?, perguntou um conferencista em tom de deboche. E quando o rapaz respondeu: "Brasil, o país do dinheiro", todo mundo riu.

Parte três

A CAUSA

1
A FOTÓGRAFA

No dia 11 de novembro, às onze da manhã, quando publicaram o relatório, Nova York era a capital da AIDS, com 235 mil soropositivos e 42 454 casos registrados da doença, dos quais 70% já tinham morrido. A previsão mais realista calculava que 110 milhões seriam atingidos em todo o planeta até o ano 2000.

No dia 11 de novembro, por volta de onze da noite, Verônica Correia Fraga, doravante denominada simplesmente "fotógrafa", conheceu Ronald Sand em Nova York. Estava bêbada. Os pais, ricos fazendeiros de São Paulo, acharam ótimo que quisesse vencer no exterior, menos por ser fotógrafa e mais por ser alcoólatra, pagaram tudo, o estúdio e o apartamento, que ficasse o mais longe possível. Estava caída no sofá, rindo, depois de tanto rodopiar pela sala, dançando, quando Ronald Sand entrou no apartamento, que não era dele nem dela, mas de um amigo comum, a viu jogada no sofá, falando alto, desbocada no meio dos homens, e sorriu, enquanto ia tirando o casaco ainda no corredor e o entregava ao amigo, ao sentir a proximidade de uma igual. Os dois ficaram íntimos ali mesmo, esfregando os narizes nas mesas. Naquela mesma noite, entre as grosserias dela e o prazer de ouvinte dele, descobriram que moravam na mesma quadra, no West Side, ao lado do parque, e combinaram o que se tornaria um hábito por mais de seis meses: às sete da manhã, antes de ir para o trabalho, ele passava na casa dela com o cachorro, um perdigueiro vermelho, a acordava e caminhavam juntos pelo parque, até as oito. Para ela, era uma questão de honra, Ronald Sand e seu perdigueiro vermelho caíram do céu para ajudá-la a cumprir uma promessa que tinha feito a si mesma minutos antes de ele chegar àquela festa: que ia parar de beber e adotar uma vida mais sã. Fez a promessa em voz alta, jogada no sofá, com um copo estendido na mão, pouco antes de ele entrar, e todo mundo riu.

No dia 29 de julho, às sete da manhã, como de costume, Ronald Sand tocou o interfone da fotógrafa. Ela desceu com a cara inchada e disse, como de costume, que tinha decidido parar de beber na véspera, só que dessa vez era definitivo.

Ronald Sand tinha conhecido um brasileiro na véspera.

"Ele disse que era jornalista", ele disse.

"Jornalista?", ela perguntou num ato mecânico, porque na realidade ainda estava praticamente dormindo.

"Disse que era correspondente internacional", ele balançou a cabeça como quem debocha. "Ele me deu até um cartão", disse, estendendo a mão para ela. "Disse que era um jornal importante", ele riu, com escárnio, enquanto ela lia o cartão. "Você conhece esse sujeito?"

Ela fez que não com a cabeça.

"E o jornal?"

"Hmm, hmm", disse afirmativamente mas sem entusiasmo.

"Eu o encontrei naquele bar que eu te falei. Eu nem queria ficar com ele, mas ficou olhando para mim e quando saí ele saiu também. Depois disse que eu parecia com um amigo dele, que ele não via há anos e está morrendo, mas no fundo só queria trepar."

"Você transou com ele?", ela perguntou enquanto ele soltava o perdigueiro, que correu para dentro do parque, parando de vez em quando e olhando para trás.

"Eu nem queria subir, mas ele insistiu. Problema dele."

"Por que problema dele?"

"Ele topou."

"O quê?", ela perguntou e parou.

"Ele não se protegeu."

"Você transou com ele sem camisinha?"

"Ele viu a ferida", ele disse e depois gritou o nome do cachorro, que voltou correndo.

"Você está maluco? Por que você fez isso?"

"Que que deu em você? Que história é essa de me controlar e se preocupar agora com quem eu como?"

"Você devia ter um mínimo de consciência."

"Consciência?!", disse ele sem entender, forçando o riso mas já começando a ficar irritado. "Você não entende nada. Isso é coisa de homem. Eu estou dizendo que ele viu a ferida. Não vamos começar a discutir isso aqui."

Ela retomou o passo. Os dois continuaram andando em silêncio por alguns minutos enquanto o perdigueiro corria na frente.

"Não estou me sentindo bem. Você me desculpe. Vou voltar para casa", ela disse finalmente, e foi embora, ainda com o cartão na mão, sem dizer mais nada.

"Verônica!", ele gritou, enquanto ela subia uma pequena colina em direção à rua. "Verônica! O cartão!"

Primeiro ela ouviu a gravação. Ele falava em inglês, era breve, pedia que deixassem os recados e agradecia, mais nada, nada em português, por exemplo, e ela não deixou. Ligou mais de uma vez e não deixou. Ficou muito nervosa. Hesitou por dias mas acabou indo ao endereço. Foi bem cedo, tocou o interfone, deixou ele responder, só para ter certeza de que estava em casa, e também não disse nada, não sabia o que dizer. Deixou ele perguntar no interfone quem é, quem é. Esperou ele sair, mas também não abriu a boca, não teve coragem, quando ele saiu e ela viu que era ele mesmo, como tinha imaginado, não podia ser outro, não só porque ele abriu a caixa do correio que tinha o número do apartamento, exatamente o mesmo número do cartão, mas porque continuava igual, ela confirmou o que tinha ido confirmar, que não era um homônimo, o reconheceu assim que o viu. Ela o tinha encontrado anos atrás, no Brasil, e depois já não era a primeira vez que ele não a reconhecia. Não a reconhecera quando ela foi mostrar suas fotografias, oferecer seu trabalho ao jornal, ainda no Brasil, e ele recusou, disse que eram fracas, assim na cara, sem subterfúgios, não captavam "a identidade das coisas", foi exatamente essa a frase. E agora não a reconhecia mais uma vez, mas ali a situação já era outra, e ele, que nunca foi bom fisionomista, não podia mesmo reconhecer nem ela nem ninguém, porque estava com a cabeça em outro lugar.

A primeira vez foi num jantar, em São Paulo, anos atrás, numa noite de verão. Era uma cobertura e, com o calor, todos estavam do lado de fora quando ela chegou. A porta estava entreaberta quando desceu do elevador. Entrou e caminhou hesitante pelo apartamento vazio, ouvindo o burburinho que vinha do terraço. De repente, um homem com um terno cinza, que ela achou tão elegante, surgiu na frente dela, vindo do terraço com um copo de uísque na mão. Surpreendeu-se com ela. Ela sorriu. Não sabia quem era. Era o jornalista. Ele disse: "Estão todos lá fora", fazendo um sinal com o polegar. Passou o jantar com os olhos fixos nele. Mesmo antes de se sentarem à mesa. Ouviu em silêncio o que tinha a dizer sobre a crise política e o suicídio de um empresário importante, que ela havia conhecido ainda pequena, porque era um grande amigo de seu pai, ouviu tudo em silêncio, mas não pôde deixar de se manifestar quando ele disse que não havia mais fotógrafos como antigamente, que a fotografia tinha acabado com o surgimento das imagens computadorizadas, um lugar-comum que a deixou enfurecida, e ela levantou a voz pela primeira vez e todos pararam para ouvi-la dizer que aquilo era uma grande bobagem. O jornalista sorriu e continuou seu discurso como se ela não existisse. Depois do jantar, ela se aproximou dele, encostado no parapeito do terraço, e disse que era fotógrafa. Ele sorriu, pediu desculpas e disse: "Por que você não leva o seu material lá no jornal? Gostaria de ver o que você faz". Ela apareceu no jornal uma semana depois, mas ele não a reconheceu. No começo, ela não entendeu. Achou que ele estava fingindo, mas depois viu que não, não a reconhecia mesmo, e por isso ela resolveu nem falar do jantar, não disse nada, colocou suas fotos de volta na pasta e foi embora depois de ele dizer que não captavam a identidade das coisas e que ela jamais seria capaz de fazer uma reportagem.

    Primeiro tinha telefonado e depois ido ali para lhe dizer, alertá-lo, mas não teve coragem, era um absurdo mesmo, uma ingenuidade talvez, não pôde lhe dizer que talvez tivesse sido contaminado. Não sabia o que a tinha levado ali, por que precisava alertá-lo se mal se conheciam e ela o havia detestado por tantos anos. Ele a olhou nos olhos antes de sair do edifício e ela, petrificada, não se adiantou, não manifestou nenhuma intenção, não fez nenhum gesto. Mais tarde, começou a fotografar. Primeiro o prédio, depois de ele ter saído, e depois ele, nos dias seguintes, quando decidiu segui-lo. Fez três vezes, por três dias, o percurso do edifício do jornalista à ONU, onde ela o abandonava, porque não podia passar da guarita à entrada do estacionamento.

    No quarto dia, por fim, presenciou a cena no metrô, o expresso, entre o Union Square e a Grand Central. Ela o esperou sair de casa, como de costume, sem que a visse, e o seguiu. Quase o perdeu, porque ele correu quando viu o metrô chegando, o expresso, desceu as escadas correndo e se atirou para dentro do vagão. Ela também. Por pouco não ficou de fora. Sem saber, ele ainda segurou a porta para ela entrar, no último segundo. Ela lhe agradeceu com a cabeça baixa, sem olhá-lo nos olhos. Não queria que a reconhecesse, mas ele não a reconheceria de qualquer jeito, e pela primeira vez ela o viu tirar o pequeno gravador do bolso, espremido no meio daquela gente, como ela, quando o trem começou a andar.

Tirou o gravador e começou a falar perto do microfone. Queria a voz nítida sobrepondo-se aos guinchos do atrito dos trilhos e dos vagões chacoalhando ao fundo. Falou em português. Achava que ninguém ali podia sequer ouvir, muito menos entender:

"Antes de nascerem, eles ouviram: Vocês vão nascer de novo e talvez se encontrem de novo, mas não vão nascer na mesma família, não vão ser pais e filhos, maridos e mulheres, se quiserem se reunir vão ter que lutar, não terão a consciência, vão ter que encontrar uns aos outros e se fazer reconhecer e o sucesso de suas vidas dependerá do sucesso dessa busca.

"E nessa hora um deles implorou: Por favor, não me faça nascer longe dela. É tudo o que eu peço, por favor, não me faça nascer longe dela.

"Agora, quando têm filhos, é na tentativa de reencontrar alguém, é uma tentativa desesperada, e é por isso que tantas vezes dá errado, porque quando vêem que a criança não é quem esperavam, se decepcionam, sem entender por quê.

"Para que toda essa gente vem ao mundo? Para se reencontrar. De que vale, então, se não me reconhecem?"

E depois começou a cantarolar baixinho "You're the one", de Roy Orbison, desafinado, e nessa hora, pela primeira vez, alguns passageiros olharam para ele. Outros continuaram como estavam, não olharam, não ouviram ou fingiram que não escutavam. Não olharam talvez só por delicadeza ou para se protegerem do maluco. Sabem que a cidade está apinhada de loucos. Ele desceu na Grand Central e ela, perplexa com o que tinha ouvido, deixou as portas se fecharem, continuou imóvel sob o efeito daquela cena, só percebeu quando as portas já estavam fechadas, esqueceu que o seguia e ficou paralisada dentro do vagão que agora já não estava mais entupido, até a rua 58.

Quase esqueceu o encontro que tinha marcado para aquela mesma tarde, no apartamento do artista, depois de tantos telefonemas e cartas para que concordasse em posar para ela. Era um velho projeto sobre celebridades que tinham morado no Brasil. Ele estava mais velho do que ela havia imaginado, embora não fosse velho, quando entrou no loft, quando abriu a porta do elevador e viu que já estava dentro do apartamento, no meio da sala e ele a esperava de pé com uma camisa branca que mais parecia uma bata e ia até quase os joelhos, e os jeans amarrotados sobre os pés descalços.

"Os sapatos!", ele gritou ao vê-la. E ela olhou para os próprios pés sem entender o que havia de errado com eles.

"Tire os sapatos, por favor", ele completou.

Ela obedeceu, sorrindo, um pouco desconcertada. Por meses, não tinha pensado em outra coisa senão em fotografá-lo e agora nem mais nervosa estava. Tinha se tornado quase uma obrigação. Só conseguia pensar no jornalista e a visita ao artista lhe parecia mais uma interrupção em seu novo projeto de perseguição (era assim que ela o via) do que a oportunidade, que tinha alimentado durante meses, de um grande retrato.

O artista perguntou se ela queria beber alguma coisa. Ela recusou e sorriu novamente, sem vontade de falar, enquanto tirava o equipamento da bolsa. Nunca tinha agido daquela forma — o que estava fazendo? —, normalmente chegava e conversava com o modelo, tentava descobrir coisas que pudessem lhe servir de pistas para a concepção do retrato. Indagava lentamente, sem pressa, em busca de alguma coisa que revelasse a psicologia daquela pessoa e pudesse lhe inspirar uma imagem. Ali não. Não abriu a boca. Sorriu apenas. Já foi um esforço. Era como se não ligasse mais. Como se tanto fizesse se o retrato ficasse bom ou ruim.

O artista decidiu quebrar o silêncio depois de observá-la por alguns minutos, enquanto ela continuava remexendo os equipamentos na bolsa: "Você sempre trabalha assim?", perguntou, achando graça.

"Assim como?", disse a fotógrafa, levantando o rosto surpresa, com a câmera numa das mãos e a lente na outra.

"Apressada", respondeu o artista.

"Não", ela disse, passando o braço que segurava a lente na testa — e já não conseguia sorrir nem se concentrar. Estava perturbada. O artista a observava em silêncio. De alguma forma, tinha simpatizado com ela.

"Alguma coisa errada?", disse ele afinal, vendo que ela não conseguia colocar a lente na câmera.

"Desculpe. Não sei o que há comigo", ela acabou dizendo ao mesmo tempo em que abandonava câmera e lente no chão. Olhou para ele desarmada, como quem se entrega. Ele sorriu e ela também, cobrindo em seguida o rosto com as mãos.

"Você lembra uma adolescente apaixonada", disse o artista.

"Por que você diz isso?"

O artista não respondeu. Ela passou as mãos no rosto, suspirou e olhou para ele: "Estou seguindo um homem", ela disse, e ficou esperando a reação dele.

Talvez tenha havido um momento de perplexidade, pois os dois fizeram uma espécie de pausa, um olhando para a cara do outro, até ele explodir numa gargalhada longa demais para ela.

"Eu o encontrei há muitos anos, mas ele não se lembra de mim. Não me reconheceu quando me viu", ela disse, interrompendo o riso dele e apertando as mãos sobre a coxa.

"Hoje ele saiu de casa de manhã, tomou o metrô e de repente tirou um gravador do bolso e começou a falar no microfone, como se declamasse um poema ou estivesse lendo um monólogo de teatro ou fazendo um diário oral. Com o barulho do metrô, não consegui ouvir direito o que ele dizia, mas pelo pouco que entendi me pareceu um místico. Acho que está louco."

Houve um novo silêncio e de repente a fotógrafa disse ao artista: "Você já fez isso".

"O quê?", ele se surpreendeu.

"Você seguiu uma mulher até o Brasil, não foi? Quando foi para o Brasil, estava seguindo uma mulher."

"Onde você ouviu isso?"

"Não sei mais. Falei com muita gente."

Houve uma nova pausa e de repente o artista disse: "Segui um menino". Caminhou em silêncio até a cozinha, que era separada da sala por um balcão. "Meu filho", ele completou, abrindo uma garrafa de água mineral que tirou da geladeira.

"Não sabia que tinha filhos", disse a fotógrafa.

"É como se não tivesse. Nunca o conheci", ele disse sentando numa poltrona, e pela primeira vez desde que tinha pisado no apartamento ela se interessou de novo pelo artista.

"Você disse que o seguiu", ela disse.

"É maneira de dizer. Fui atrás da mãe, mas por causa dele."

"E não o encontrou?"

"Não", disse o artista. "Eu a conheci numa festa aqui em Nova York. Fiquei com ela só uma noite. Estava completamente bêbada. Depois desapareceu. Voltou para o Brasil. Passaram-se uns anos e uma amiga me disse que ela havia tido um filho, que era meu filho. No começo, tentei ignorar. Mas depois, virou um pesadelo. Queria que me dissesse que não era meu. Consegui o endereço dela, no Rio de Janeiro. Telefonei, escrevi. Não tive nenhuma resposta. Quando embarquei, pensava em ficar uns meses; fiquei anos. Não consegui achá-los. Desapareceram, como se nunca tivessem existido. Comecei a trabalhar com crianças da periferia, crianças com problemas de aprendizado. Foi assim que dei início à oficina."

Ela já tinha começado a bater as primeiras fotografias, enquanto ele falava. Ele foi até uma estante e tirou uma foto de dentro de uma pasta entulhada no meio de uma montanha de papéis.

"Este sou eu", disse o artista com o indicador apontado para um homem rodeado por onze meninos num subúrbio do Rio de Janeiro. "Eu teria ido aonde quer que fosse para encontrá-lo. Não podia ter dado certo. Chegou uma hora em que estava completamente doente. É estranho pensar que vou morrer sem vê-lo, sem saber como ele é, se se parece comigo. Talvez ele nem exista", disse, depois sorriu e mudou de assunto. "Fiquei curioso com a sua história. Até onde pretende seguir esse homem? Você sabe que em Nova York isso pode ser bastante perigoso?", ele completou rindo.

Ela lhe contou a história enquanto o fotografava.

Antes de sair, no final da tarde, quando se despediam, o artista disse: "Tenho uma coisa para você". Foi até a estante de onde tinha tirado a foto dele com os onze meninos no Brasil e voltou com uma pasta. Dentro havia um texto datilografado. A fotógrafa abriu a primeira página e leu: "Duas guerras".

"Fui eu que escrevi", disse o artista.

* * *

No dia seguinte ela estava de novo na porta do edifício do jornalista, na mesma hora, mas ele se atrasou e ela chegou a pensar que o tivesse perdido. Saiu às nove em ponto e ela se escondeu atrás de um caminhão estacionado na frente do prédio. Como de costume, ele caminhou pela rua 15 até o Union Square e entrou no metrô sem perceber que era seguido por alguém alguns metros atrás. Quando já estava de novo dentro do vagão, espremido, ele colocou a mão no bolso e sem querer esbarrou o cotovelo nela. Pediu desculpas. Não a reconheceu mais uma vez. Não se lembrava dela nem da véspera. Tirou o gravador, baixou um pouco a cabeça e começou a falar perto do microfone o que achava que ninguém entendia:

"Eles vinham de toda parte e a razão de um nunca era a do outro. Eles vinham determinados a adotar a causa, a fazer qualquer coisa em nome dela, que era a vida deles. Sabiam que outros, como eles, existiam e lutavam. Mesmo se não os conhecessem. Era o que lhes dava força para continuar, sabendo que não estavam sozinhos. Hurra! Hurra!"

Foi, só com o Hurra! Hurra!, um pouco acima do tom, que alguns passageiros, dois ou três, mais próximos, olharam para ele, menos por espanto que por compaixão. Um senhor indo para o trabalho, como todos os outros, de terno, com sua maleta e o jornal na mão, virou-se para o jornalista e disse: "Você sabe, com todo esse barulho, mal vai dar para ouvir a sua voz".

Ela já estava pronta para sair na Grand Central, perto da porta, para não repetir o erro da véspera, mas ele não desceu. Por pouco ela não saltou sozinha. Ele continuou até a estação da rua 86. Subiu as escadas correndo. Caminhou até a Quinta Avenida e virou à esquerda. Ela, que o acompanhava de longe, viu quando ele entrou num prédio e, ao

105

se aproximar, pôde ler a placa na entrada. Era o consulado francês. Entrou também e quando o guarda lhe perguntou na porta se vinha pelo visto ela disse que sim e ele lhe deu um formulário. "Está com todos os documentos? Você sabe quais são os documentos? Tem certeza? Pode preencher tudo. Tem um modelo ali na parede para quem não sabe falar francês."

Ela entrou na fila logo atrás dele. Preencheu o papel menos para disfarçar que por um ato mecânico, porque o tinha nas mãos. Uma mocinha empinada examinava os formulários ainda na fila, antes de chegarem ao guichê, para garantir que estavam corretos. Na frente do jornalista estava uma família coreana, a mãe, o pai e duas filhas.

"São de onde?", perguntou a mocinha empinada, em francês.

A mãe olhou para as filhas, desamparada. A mocinha repetiu em inglês. Uma das filhas se adiantou e respondeu: "Coréia".

"Deixe eu ver o passaporte e a passagem", disse a mocinha. Virou as folhas e depois examinou a passagem. "É só a senhora que vai?"

A mesma filha respondeu pela mãe.

"Onde está o bilhete de volta?", perguntou a mocinha.

A filha confabulou em coreano com a mãe e o pai e depois, virando-se para a mocinha, disse: "Ela vai comprar em Paris. É mais barato".

"Ah, não! Pode sair da fila. Nós só damos o visto com a passagem de volta."

A filha tentou argumentar que a mãe já tinha passagem até Paris, que era intransferível, e sempre tinha comprado em Paris a continuação até Seul.

"*Je m'en fous*", disse a mocinha, em francês mesmo, dando as costas à família e pedindo o formulário, passaporte e bilhete ao jornalista.

"Onde está o seu visto de trabalho americano?"

"Aqui", disse o jornalista, pegando o passaporte de volta.

"Vai vencer no próximo mês", disse a mocinha, fazendo-se de surpresa.

"Eu sei. Sou correspondente de um jornal brasileiro. Vou a Paris só por uma semana. É uma emergência."

"Não. Nós não podemos dar o seu visto. Aqui, nós só atendemos americanos ou residentes."

"Mas eu sou residente."

"Então, onde está o visto novo?"

"Só vou passar uma semana em Paris, por causa de uma emergência."

"Se lhe dermos o visto, o senhor acabará ficando. Se eu fosse o senhor, vindo de um país como o seu, o senhor acha que eu também não pensaria nisso? É lógico que ia querer ficar na França. Não podemos correr esse risco. Só damos visto para quem tem o green card ou um visto de trabalho válido por um ano pelo menos."

"Mas não faz sentido eu renovar o meu visto de trabalho agora, a senhora não está entendendo?, só quero passar uma semana em Paris, é uma emergência, uma pessoa doente, que está morrendo, se eu pedir a renovação do meu visto americano, não vai dar tempo, demora um mês e, de qualquer jeito, o meu visto de trabalho americano ainda é válido até o mês que vem. Não vejo qual a lógica. Tente entender que..."

"Eu não tenho que entender nada. Nós temos regras aqui, que devem ser cumpridas. Já disse que, se o senhor quiser entrar na França, ou renova primeiro o seu visto de trabalho aqui ou vai pedir o visto no Brasil, como devia fazer todo brasileiro."

"Mas eu estou dizendo que é uma emergência. Já comprei a passagem para amanhã."

"O senhor devia ter planejado tudo antes."

"A senhora é surda? Não ouviu eu dizer que é uma emergência, que uma pessoa está morrendo?"

"Não vou repetir. O senhor, por favor, saia da fila."
"Quero falar com um superior. Qualquer um. Quero explicar a situação a uma pessoa competente."
"O senhor pode ligar para o serviço de vistos do consulado."
"Passei a tarde de ontem fazendo isso e ninguém atende."
"O senhor insista, por favor, que nós estamos muito sobrecarregados."
"Não vou embora antes de falar com alguém responsável."
"O senhor quer que eu chame o segurança?"
"A senhora faça como quiser."
Nisso toda a fila já olhava para ele. A mocinha empinada foi até a porta, falou com o guarda e apontou o jornalista. O guarda colocou a mão no revólver pendurado na cintura, pegou um telefone e, em menos de um minuto, três outros guardas armados saíram por uma porta, pegaram o jornalista pelo braço e o colocaram para fora do prédio, enquanto ele gritava e se debatia. Gritava que aquilo era uma loucura. "É Kafka! É Kafka!", gritava e esperneava. Já na rua, tremendo de ódio, ele sentou no porta-malas de um carro e começou a chorar.

A fotógrafa o seguiu pela rua até a Quinta Avenida, entrou no mesmo ônibus e desceu no mesmo ponto em Midtown. Ele entrou numa agência de viagens. Ela atrás. Ele se sentou em frente à mesa de uma moça muito gorda e quando outra, um pouco menos gorda, se adiantou e perguntou à fotógrafa o que desejava, ela sentou-se e disse que ia comprar uma passagem mas, com discrição, sem deixar o senhor ali ao lado perceber, baixinho, por favor, que era muito importante, perguntou se podia esperar ele se decidir primeiro. Enquanto ele comprava o bilhete, ela o observou com o rabo dos olhos e a cabeça ligeiramente torcida sobre o ombro, e a agente que a atendia ficou primeiro desconfiada com uma cliente tão estranha, apostando que no fim não ia comprar coisa alguma, era só mais uma louca, porque a cidade era o maior hospício do mundo ao ar livre, e ainda bem que hoje o dia estava calmo e a agência vazia, porque, se não, ia ter que mandá-la embora e sabia muito bem como são os loucos, talvez até mesmo chamar a polícia para tirá-la dali e atender outro cliente, mas hoje não havia nem fila, não havia ninguém e ela podia ficar com a louca na sua frente, ia fingir que estava trabalhando enquanto isso, ia ficar virada para o computador. Quando ele saiu, a fotógrafa virou-se aflita para a agente: "Por favor, me coloque no mesmo vôo que ele. Exatamente a mesma coisa que ele". A agente foi até a mesa da colega, falou alguma coisa ao pé do ouvido da outra, as duas olharam para a fotógrafa e depois, voltando para sua mesa, virou-se para ela e perguntou, já com os dedos no teclado do computador: "Frankfurt?".

"Frankfurt?", repetiu a fotógrafa.

Só no aeroporto de Frankfurt ela notou que ele não tinha bagagens e portanto não ia precisar passar pela alfândega, como ela; ele podia desaparecer, e, diante do risco, ela preferiu deixar tudo para trás, a mala, que eles iam acabar explodindo, quando se dessem conta de que tinha sido abandonada, ia largar a mala e segui-lo, porque não podia correr o risco de perdê-lo. A única coisa que ainda trazia com ela era a bolsa com a câmera a tiracolo e o texto que o artista tinha lhe dado, *Duas guerras*, que ela leu durante o vôo. Ele alugou um carro azul. O dela era vermelho. Antes de sair da loja, com as chaves, atrás dele, virou-se para a funcionária no balcão e perguntou se ela podia lhe dizer se aquele homem havia dito para onde ia. A funcionária olhou para a fotógrafa, surpresa, e disse que não, esperou um pouco, refletiu e, cheia de si, arrematou com um sorriso desagradável: "Mas mesmo se soubesse não poderia dizer".

A fotógrafa sabia, ou melhor, supunha. Confirmou na estrada, não na auto-estrada mas quando ele tomou um caminho secundário, estreito e tortuoso, e só parou uma vez, para pegar uma menina e um menino que pediam carona, à saída de Trier, até entrar na França. Assim como ele, ela passou a fronteira sem que verificassem seus documentos. Teve sorte. Assim como ele, também estava sem o visto. Ele deixou a menina e o menino logo depois de terem saído da Periphérique à entrada de Paris e seguiu em direção ao centro. Parou mais de uma vez para pedir informações, fez um caminho labiríntico, por ruas estreitas, embrenhando-se na cidade. Ela temeu perdê-lo no meio do trânsito. Não sabia nem mais onde estava. Apenas o seguia. Se o perdesse, estaria perdida também. Quando percebeu, estava entrando no estacionamento de um grande hospital. Parou o carro quase ao lado do dele, sem que ele percebesse — estava possuído, simplesmente não a via —, e caminhou atrás dele até uma das entradas do prédio principal. Ele se dirigiu ao balcão de informações, enquanto ela se fazia de distraída a alguns metros. Perguntou onde ficava o quarto 545. Ela ouviu. Tomaram o mesmo elevador e desceram no mesmo andar, o quinto, sem que ele notasse por um único instante a presença dela e sem que ela percebesse, por sua vez, que essa indiferença dele provocava cada vez mais sua obsessão, que estava caindo dentro daquela obsessão, que nem sabia mais por que o estava seguindo, e quanto menos ele a notava mais ela queria se aproximar, estar colada, jogar-se na frente dele, fundir-se com ele. Desceram no quinto andar e caminharam pelos corredores até o quarto 545. Ele bateu na porta e foi empurrando devagarinho, colocando o rosto pela fresta, antes mesmo de obter qualquer resposta. De repente, estava lá dentro e ela, sem hesitar um único segundo, porque já tinha se acostumado a passar por invisível diante dele, entrou logo atrás. Abriu a porta e o viu se aproximar do leito onde dormia um paciente, de lado, de costas para a porta, coberto com o lençol. Ela o viu dando a volta na cama e, de repente, do outro lado, arregalar os olhos numa expressão patética de confusão e horror. Antes que pudesse dizer qualquer coisa ou que a visse do outro lado da cama, antes mesmo que o doente acordasse diante dele, entrou uma enfermeira e se surpreendeu com os dois estranhos dentro do quarto. Ela disse: "O que querem?". A fotógrafa ficou sem palavras, mas ele perguntou: "Aqui não é o quarto 545?". A enfermeira disse que sim e ele ficou apavorado: "Estou procurando Marc Douhane. Ele estava no quarto 545", ele continuou, como se já estivesse dando ele mesmo a resposta. A enfermeira ficou em silêncio. Por um instante, perdeu a fala, como se tivesse esquecido o diálogo que a ocasião pedia e para o qual ela havia sido mais que preparada. "O senhor por favor se dirija à recepção", disse finalmente. "Mas o rapaz que estava aqui?", ele implorou e a enfermeira percebeu, ia repetir o que tinha dito, mas não pôde, era a primeira vez que aquilo lhe acontecia; disse apenas: "Sinto muito...".

Ele estava com a boca ligeiramente aberta e os olhos como se tivessem despencado nas pontas, não se mexia, não piscava, não fazia nada, e a fotógrafa teve a sensação de que, por um breve momento, ele a tinha visto no quarto, mas não, não viu nada e saiu sem dizer mais nada, nem uma palavra à enfermeira. A fotógrafa o seguiu pelo corredor, ouviu ele perguntar a alguém que passava onde ficavam os telefones e depois pedir à mesma pessoa se tinha um cartão de telefone, porque era urgente, ele estava disposto a pagar pelo cartão, precisava telefonar urgentemente. E o homem tirou a carteira do bolso da calça e lhe entregou o cartão. Disse que não precisava pagar. A fotógrafa o seguiu até os telefones e o ouviu chorar dentro da cabine enquanto perguntava como tinha acontecido — queria saber tudo, repetia as mesmas perguntas — e por que não o tinham avisado antes. Houve um momento em que ficou em silêncio e ouviu o que lhe diziam do outro lado. Ao fim do silêncio, deixou escapar pasmo: "Uma fita?".

Ela continuou seguindo o jornalista a pé, depois de ele ter abandonado o carro no estacionamento do hospital, entrou no metrô atrás dele e o esperou embaixo de um prédio quando ele subiu, depois de tocar o código da porta. Ele continuava sem vê-la, o que a fazia perder o cuidado, aproximar-se cada vez mais, segui-lo sem dissimulações. Agora já o fotografava abertamente. Ele saiu do edifício com um envelope na mão e caminhou até um café na Bastilha. Ela sentou-se na mesa logo atrás da dele, na calçada. Antes mesmo que o garçom pudesse vir atendê-lo, ele tirou um gravador do bolso, abriu um envelope, tirou uma fita, colocou-a no gravador e, pela primeira vez desde que a fotógrafa o seguia, ouviu em vez de falar. Era a mesma língua, embora com um ligeiro sotaque. Ele deve ter pensado que ninguém poderia entender ali. Era a voz de um homem, que falava em português. Isto é parte do que ela ouviu:

"Você não pode imaginar que uma faísca vai brilhar no canto mais sórdido, só pode imaginar quando já não espera encontrar sentimento nenhum, entre tantas mãos buscando alguma coisa, as mãos entre paus e bundas que você nem sabe de quem são, que você nem sabe como surgiram, e de onde, tateando, só buscando, como insetos se aproximando da luz, eles buscam os lugares mais escuros. A faísca é quando nesse canto sórdido de membros anônimos e sem rosto uma certa mão te acaricia o pau e uma boca te beija no rosto, delicadamente, pedindo, mas sem falar, sem violência, sem sordidez, para te amar e ser amada também, uma boca que você descobre, pela sincronia, ser do mesmo corpo da mão que te acaricia, que você descobre ser um corpo e te beija e, quando você beija, te abraça, te agradece, te aperta para dizer que está alegre de ter te encontrado, diz que te ama, sem dizer nada, sem rosto, sem expressão, é até onde eu fui. E quando você vê o amor desse homem você só se pergunta o que afinal ele podia estar fazendo ali, buscando o quê, no lado mais escuro, naquela sordidez toda, e você pensa em você ali também, você pensa em você. Primeiro ele hesita, se espanta, porque não é assim, não são essas as regras ou o hábito, quando você lhe propõe sair dali para a luz, mas depois fica grato, sorri, te admira na luz, pergunta o seu nome, te convida para um drinque, te segura a mão, se afeiçoa, conta uma história, a mesma que a sua, de onde veio, e você diria que, se não estivessem ofuscados pela luz súbita, são lágrimas de reconhecimento tanta água nos olhos de ambos."

De repente, ele parou, tirou a fita, colocou uma outra e gravou. Disse apenas isto ao microfone: "Antes de nascerem, eles ouvem como vão morrer, mas se esquecem", depois se levantou, com o gravador na mão, entrou no café e perguntou onde ficavam os telefones. Ela o seguiu, desceu as escadas atrás dele, viu ele tirar o mesmo cartão com que tinha telefonado no hospital, discar um número e perguntar quando saía o próximo vôo para o Brasil.

Foi saindo dali, depois de deixar umas moedas em cima da mesa do café, no mesmo dia em que os ministros responsáveis pelo escândalo do sangue contaminado foram liberados de julgamento pela Corte de Cassação da justiça francesa sob alegação de que já se havia passado muito tempo da ocorrência, que um motorista na praça da Bastilha, ao ver o jornalista brasileiro fazendo sinal para um táxi no meio da rua, a um metro da calçada, jogou o carro em cima dele. Jogou mas devagarinho, porque era francês, queria provocar, irritar, mas não matar, que não seria civilizado. Civilizada era a provocação. Avistou o jornalista, mirou e foi em cima. Seu objetivo era estacionar o carro por um minuto, o que não era permitido ali, para pegar um pacote, e escolheu justamente o lugar onde estava o jornalista. Quando o carro veio em cima dele, o jornalista percebeu a intenção do motorista e não saiu de propósito. Fincou o pé. Seu braço bateu no espelho lateral do carro e o arrebentou. Inconformado com o insucesso de sua iniciativa, o motorista resolveu dar marcha a ré contra o jornalista, que continuava de costas, ainda à procura de um táxi. Quando o pára-choque traseiro encostou em sua perna, o jornalista teve um ataque de nervos e deu um soco no porta-malas. Era o que o motorista esperava, porque saiu do carro, pegou o jornalista pelo colarinho, apontou para o porta-malas e disse: "Você arranhou o meu carro". Não tinha arranhado nada. O jornalista começou a gritar de ódio, a dizer que o motorista tinha jogado o carro em cima dele. "Você pára de gritar, que eu não sou surdo e eu te arrebento a cara", disse o motorista. A mulher dele saiu do carro nessa hora e disse ao jornalista que ali não era lugar de pedestre, tinha um ponto de táxi logo ali do lado, onde ele devia estar. O jornalista disse que ia ficar onde bem entendesse e que ali também não era lugar de estacionar. A mulher, furiosa, retrucou: "Você quer que eu chame a polícia?".

"Chama! Chama a polícia", disse o jornalista.

Quando o guarda chegou, começou a ouvir a história, com os três gritando ao mesmo tempo, mas só se interessou mesmo quando percebeu que o jornalista tinha um forte sotaque. Pediu imediatamente os documentos. Ele disse que não tinha documentos ali com ele. "Estrangeiro e ainda por cima sem documentos!", disse o guarda, enquanto chamava uma viatura. Depois, virou-se para o motorista, deu um tapinha amigável nas costas dele e disse: "Pode deixar, que nós cuidamos dele".

O motorista entrou no carro e a mulher também, depois de dar um sorriso sarcástico ao jornalista. Quando foram embora, o guarda virou-se para o jornalista e disse: "Você se meteu numa grande encrenca", e nessa hora, por mais insensato que possa parecer, ele começou a correr. Fugiu do guarda pelas ruas estreitas e entupidas de carros e gente. Correu até não ouvir mais os berros do guarda, que tinham ecoado em sua cabeça, assim como um bruaá de sirenes.

2
UM DOS HERDEIROS

    Eram duas horas da manhã e a cidade estava deserta e em completo silêncio sob a lua cheia e algumas nuvens brancas que passavam com a brisa quando alguém gritou de um apartamento e daí em diante começou a berraria, de apartamento em apartamento, tomou a cidade, logo antes dos fogos, e por um instante a cidade gritou em uníssono, como se tivesse acordado de um pesadelo, pelo resultado do jogo do Brasil transmitido ao vivo de Tóquio. Nessa mesma noite, quatro horas antes, eu o tinha levado ao aeroporto.
    Nada mais me impressiona. Vi de tudo nesta vida. Eles chamam o professor de cínico e de louco, mas não pode ser um sendo o outro. Eles não sabem o que querem. O professor percebeu isso muito cedo. Resolveu agir. Não é de esperar. Não digo que seja um gênio; é um homem de ação. É o que eles temem. É por isso que está preso. Não digo que possa criar alguma coisa, que não é Deus também (é apenas um porta-voz), mas o que ele não pode potencializar? A causa estava lá, no mundo; ele apenas indicou o caminho. Estávamos esperando alguém indicar o caminho. Estávamos como cães sedentos. Foi para isso que ele veio. Por isso o odeiam tanto. Porque é amado. Incontestavelmente amado. A culpa é dos que o seguem, cães sedentos. A culpa é toda minha. Já vi de tudo. Estou escaldado. Mas de tudo o que vi nada se compara ao que aconteceu com um dos herdeiros. Prefiro não dar nome aos bois, porque preciso me defender e qualquer deslize neste momento pode ser fatal. Não pre-

tendo ficar por muito tempo neste cativeiro, que é o que isto é, um cativeiro dos piores, os quintos dos infernos. Não sei como agüentam. Juro que não sei. Não posso dizer nada. Me proibiram de falar. Estão na minha cola. Os homens do professor e os outros. Querem acabar comigo. E eu não sei? Mas eles não sabem com quem estão lidando. Tudo está guardado aqui, nesta cachola aqui. Antes que possam me pegar, solto tudo. O dia que eu resolver falar, posso destruí-los todos, um a um. Dos dois lados. Porque sei o que os une. Sei de todos os acordos. É um trunfo que preciso guardar. O meu trunfo. Por isso, me desculpo, mas não haverá nomes. Posso contar a história mas sem nomes, por favor, sem nomes.

O horror. É nisso que dá. Isso foi o que primeiro o herdeiro me contou quando o encontrei na ponte aérea. Ele disse que quando era pequeno, o pai parou no meio da rua com ele e a irmã no carrinho, agachou-se e disse ao menino, porque a irmã tinha apenas dois anos e o pai achou que era muito pequena para entender: "Hoje, a situação está terrível, você está entendendo? Nada mais tem sentido, tudo está perdido". Começou bem sério e ao final da primeira frase já estava com os olhos cheios de lágrimas. Estava falando da mulher, da mãe, do próprio casamento, mas o herdeiro, aos cinco anos, achou que o pai falava do mundo.

Tinham ido passar o Natal no Rio, com os avós, o herdeiro, a irmã e os pais. Estavam no meio da rua, tinham acabado de sair de uma loja, tinham deixado a mãe para trás, fazendo suas compras. Estavam no meio da rua, quando o pai parou e se agachou ao lado do carrinho e desabou aquele toró. A irmã estava toda coberta, só com os olhos à vista, e ele tinha pegado carona, estava em pé atrás do carrinho, quando o pai parou e se agachou com a chuva caindo sobre os três.

Eu lhe falei da organização e da causa. Aproveitei o momento, logo depois de o avião ter decolado. Sentia de longe quando eles iam me ouvir. Ele estava no ponto. O horror. Eu lhe falei da causa! É só no que penso agora. Tudo tem limtes. É verdade. Eu me arrependo. Se pudesse, voltava tudo atrás. Não falava. Não abria a boca. Mas ali eu sentia que era presa fácil. E agi. Como tinha aprendido. Era o meu papel. Falei. Disse que o mundo estava perdido. E ele me ouviu. Meu Deus! Por que ele me ouviu? Falei do mundo perdido e da causa. Abri o jornal e mostrei: Todos esses políticos corruptos, todos, por que eles estão no poder? Por que deixamos eles nos governarem? Veja que não é só aqui não, neste país de merda, que não passa de uma paródia, uma cópia malfeita do resto, e por isso tem aparência tão mais grotesca; é a Itália, veja a Itália, e a França também, toda a hipocrisia dos franceses e dos ingleses também, esses mestres do racismo, sem falar dos alemães, mas a França é um caso exemplar mesmo, eu disse, os que hoje reivindicam a França para os franceses são os mesmos, o mesmo tipo dos que primeiro a entregaram de bom grado aos alemães. Gente fraca de espírito, sem princípios. Veja quando esses imbecis dizem agora que não há mais distância no mundo, com a informática, a sociedade pós-moderna, não há mais distância no mundo, estão confundindo de novo, estão chamando a Europa de mundo, não fazem idéia do que acontece na África ou na América do Sul, querem impor de novo aos outros uma realidade que é apenas européia e dizem que é mundial, dizer que no mundo não há mais distâncias!, que o mundo é pós-moderno se nunca fomos modernos! É mais uma vez o imperialismo do pensamento, mas a verdade nua e crua é que esse pensamento se esgotou e eles não sabem mais o que dizer, repetem qualquer coisa no intuito de manter a dominação e se desesperam quando vêem que não adianta mais, não faz mais efeito, um pensamento fraco, falso, imaterial como eles dizem, dizem que não há mais materialidade porque a materialidade do mundo contradiz o que dizem, nega esse pensamento fraco, sem efeito, retórica de universitários que lutam por uma cadeira cativa numa instituição de prestígio, mas são eles mesmos que definem o que tem prestígio, é o que está de acordo com as normas que eles criaram, o que não se revolta, e acata, que seja só para reproduzir toda a dominação, eu disse. Só que agora estamos cansados de vê-los rodando em círculos com suas idéias falsas, de homens mesquinhos. Todos os políticos e a sede de poder e de dinheiro. Todos eles roubam, porque foram educados dentro dessas sociedades hipócritas, dentro desses centros de prestígio. Toda essa corrupção faz parte do sistema que eles criaram e impuseram e que chamam de democracia, mas é o mesmo sistema de sempre, de toda a história da humanidade, só que disfarçado de justiça. Eles não são melhores que nós ou que a África, não são, eu disse. Eles são o modelo que nós copiamos, porque nos ensinaram a copiar, disseram que era assim, nos disseram para copiá-los e não aos comunistas, que também não prestam, veja só o que havia por baixo, o que eles conseguiram encobrir durante anos e anos, toda a corrupção, os comunistas não prestam nem os capitalistas, eu disse. Eu lhe falei da causa e ele ouviu, meu Deus! Eles falam dos nazistas, condenam os nazistas, dizem que os alemães carregam a culpa de um passado negro, e mesmo assim estão voltando, estão gritando de novo as mesmas frases, mesmo com toda a culpa, os nazistas ainda têm a caradura de voltar, e eles dizem que é preciso impedir o nazismo, com razão, o nazismo é o fim da humanidade, mas do imperialismo eles não falam, não falam da regra que impuseram ao mundo, das dezenas de países que destruíram, não falam, porque esse passado eles não querem ver, fingem que não foi nada, fizeram por humanidade e caridade, e se erraram aqui e ali é porque errar é humano. Veja o que os holandeses tão liberais e democráticos entre si fizeram na África do Sul. Que herança! E agora veja o que eles revelam, que a corrupção que condenavam nas repúblicas de bananas é deles, está entranhada na carne, nas veias deles, hipócritas, eu disse, repetindo a cartilha à minha maneira. É preciso fazer alguma coisa, eu disse e vi que ele me olhava vidrado e que seus lábios se mexiam, repetiam para si mesmo, para dentro, baixinho — um ato mecânico, eu pensei de início, mas não era —, o final da minha última frase: fazer alguma coisa.

Nada disso tem importância agora. Agora tenho que me defender e esquecer. Tenho que salvar a minha pele. Tenho que pensar em mim. Eu lhe falei dele. De quem mais? Do professor. Eu lhe passei um folheto. Era um texto que o professor tinha escrito na prisão. Eu lhe disse que tinha sido preso porque o sistema não admite oposição. Ele denunciava o âmago, a origem, a essência, que eram todos uns corruptos e que a corrupção e a sociedade ocidental eram uma só, e a barbárie também, tinham achado um jeito de camuflar a barbárie, que chamavam de democracia, mas era tudo pela barbárie e pelo dinheiro, que impunham ou tomavam dos outros, pela força, como sempre, como lhes aprazia, o que bem os provia, em toda a história da humanidade, a força, só que agora camuflada pelos valores da justiça, os direitos da humanidade, o que diziam era o contrário do que faziam, o professor dizia no folheto escrito na prisão. A sociedade ocidental é a monstruosidade, como todas as outras, só que sob a hipocrisia, tão corrupta quanto todas as outras, só que sob a hipocrisia da superioridade dos valores, a força, a força é o único valor, sempre foi o único valor e a hipocrisia é apenas uma nova tática de guerra e de dominação, que as outras sociedades não entenderam até serem massacradas — e agora que domina o mundo, a sociedade ocidental, com toda a sua tradição, revela o podre de suas entranhas, a corrupção que a comanda, eu disse, repetindo com minhas próprias palavras o que estava escrito no folheto. O tráfico de drogas, as guerras, as ditaduras, os regimes sangüinários, a tortura, tudo é uma coisa só, tudo faz parte do mesmo sistema, eu disse, orquestrado pela sociedade ocidental. É o grande capital americano que comanda o tráfico, o comércio de armas, é um negócio da China o tráfico de drogas, desde que esteja nas mãos de seus associados e não nas de inimigos. É por isso que volta e meia descobrem um pária, um bode expiatório, porque até então tinha sido um aliado, até se tornar independente, um concorrente, mas isso eles não dizem, eu disse. Mas agora que estão mostrando a própria podridão, porque já conquistaram tudo e relaxaram, agora que expõem a sua própria fraqueza, a sociedade ocidental abre o flanco para uma reação contra toda essa hipocrisia, ela própria se minou, está autoflagelando-se, criaram o vírus da AIDS, por exemplo, em laboratórios, para conter o crescimento das populações miseráveis do Terceiro Mundo, todo mundo sabe, o Pentágono sabe, a CIA sabe — o professor também sabe —, mas não pensaram um minuto que fosse, foram inconseqüentes e agora estão pagando o pato, este é o momento, eu disse, lendo o folheto, para a ação, para, destruindo a hipocrisia, recuperar os valores que foram destruídos nas outras sociedades, impedir, por exemplo, toda essa onda de integrismo religioso, que no fundo é apenas uma reação, uma reação desesperada e suicida contra a sociedade ocidental. É a sociedade ocidental a culpada por todo o fanatismo religioso islâmico, e isso lhe interessa, para poder sobreviver, esconder mais uma vez sua podridão, passar por paladina da justiça e dos valores do homem contra a barbárie e as trevas, mas são a mesma coisa, o fanatismo religioso islâmico e a sociedade ocidental são a mesma coisa, os mesmos brutos, os mesmos fanáticos, as trevas. É por isso que chegou o momento, agora que está mostrando suas chagas, de implodir a sociedade ocidental, toda a hipocrisia, para encontrar de novo os valores de todas as sociedades do mundo, os melhores valores de cada uma para o progresso comum da humanidade, de um novo homem, eu disse. É isso que propomos. É essa a nossa causa, eu disse e ele me ouviu, meu Deus!, ele me ouviu com os olhos brilhando, porque tinham se enchido de lágrimas.

Eu lhe expliquei que ninguém via o professor, estava incomunicável, tinha sido preso nos Estados Unidos, porque eles o temiam, era uma ameaça, desde que tinha descoberto o calcanhar-de-aquiles de todo o sistema que domina o mundo, esse sistema que, depois de pilhar, fecha-se para o Terceiro Mundo, depois de obrigar os países pobres a abrir seus mercados, depois de pregar o liberalismo, permite aos países ricos agirem como protecionistas fanáticos, nacionalistas descabelados, ninguém entra, fecham as fronteiras aos pobres coitados dos países subdesenvolvidos, que eles chegaram a chamar de países em desenvolvimento, um eufemismo barato, para ver se tentavam enganar, aplacar uma eventual desconfiança de que era só pilhagem e não haveria nunca desenvolvimento nenhum, mas tudo está ligado, tudo foi minuciosamente planejado pelos centros de comando da sociedade ocidental, é uma tática de dominação que está chegando ao seu ocaso e por isso abre brechas, mostra chagas onde podemos agir, podemos inflamar a ferida, porque da inflamação decorre a cura, eu repeti a mesma paranóia que, como toda paranóia, tem sempre um fundo de verdade, uma verossimilhança interna, uma lógica capaz de enredar e convencer, mesmo se já estivesse falando de fora, da boca para fora, porque era o meu papel e não me passava mais pela cabeça que eu não devia ou devia, tinha se tornado um hábito convencer, eu repeti e mostrei por a mais bê que o professor era um líder a quem devíamos todo o respeito, que fosse apenas por sua coragem de dizer as coisas como elas são, a coragem de explicar o mundo com a lógica que eles tentavam esconder e os destruiria, a única lógica capaz de destruí-los, eu disse, mas não que ele tinha sido preso pelos impostos, por fraude, por sonegação de milhões de dólares, e que eu era apenas um servil cordeiro, arrecadando aqui e ali o dinheiro para a causa entre os que paravam para ouvir, como ele, eu sentia de longe. Se eu não disse foi porque achei que ainda não era o momento. O momento era perfeito para a doutrinação do herdeiro, mas eu ainda não sabia quem ele era, que era um dos herdeiros, minha maior aquisição, talvez pressentisse, com meu faro de anos nessa mesma função, eu pressentia. Foi minha maior aquisição para a causa. Ele dobrou o folheto e o guardou no bolso do paletó. Eu sabia que esse gesto era sinal de que um limiar fora ultrapassado, o primeiro e o principal, a partir dali tudo estava ganho, no papo, o pior trabalho já tinha sido feito, quando ele colocou o folheto no bolso e me deu seu cartão. Ele mesmo me confirmou depois, bem depois, mas não claramente, à sua maneira, me deu mais indícios, quando já fazia parte da organização e comparecia semanalmente às reuniões das terças-feiras, que aquele tinha sido de fato o momento.

Naquela mesma semana, antes de nos encontrarmos na ponte aérea, ele se sentiu à vontade no escritório. Estava bem. Caminhava de um lado para o outro sozinho em sua sala de vidro. Sua cabeça dançava, porque os pensamentos passavam numa freqüência extraordinária. Era tudo tão rápido, que ele se esqueceu de onde estava e de si mesmo, podia ter soltado um grito sem querer, inconsciente, podia ter feito um gesto com as mãos, como fazia de vez em quando nas ruas, pensando no que devia ter dito e não disse, mas desde pequeno — estava em todas as fotografias — tinha a tendência de colocar a mão naturalmente no pau, em vez de colocar o dedo no nariz, colocava a mão no pau, já quase um tique, porque de certa forma até ali sempre soubera se controlar, depois de adulto pelo menos, e evitá-lo em público, mas ali, dentro de sua sala de vidro, pensando numa velocidade estonteante, esquecido de tudo o que o cercava, sonhava acordado e quando acordou viu que tinha aberto a braguilha e agora, sentado em sua mesa, com os pés para cima, tinha tirado o pau para fora, o próprio pau, e o segurava. Congelou, olhou para o resto do andar. Não havia ninguém, porque era hora do almoço, ninguém o tinha visto e ele colocou o pau rapidamente de volta no lugar, dentro da cueca, e fechou a braguilha, suando nas têmporas, lívido, passou de um estado de graça ao de tensão. Sentiu que alguma coisa tinha acontecido e se continuasse assim não sabia onde ia parar.

Era apenas mais um indício de que estava no ponto e devia me encontrar. Vinha tendo pequenos atritos com o pai, que até então tinha sido uma espécie de ídolo e modelo, tinha pequenos ataques, porque sentia que o pai o controlava, de repente sentiu que o pai o tinha controlado toda a vida, e agora estourava assim, em impulsos abruptos, quando lhe vinha à cabeça que tinha se subjugado o tempo inteiro e que aquilo tinha sido um plano do pai, tudo, o caminho que tinha seguido, o que tinha estudado, e não tinha percebido, tinha sido cego. Numa reunião, por exemplo, ele interrompeu o pai para dizer coisas do tipo: "Por que os homens vêem as coisas certas? Você que já teve labirintite devia saber como está por um fio o juízo dos homens. E se tudo de repente ficar de cabeça para baixo? O que lhe garante que já não está? Com você não dá para argumentar", e sair da sala, bater a porta, desaparecer, deixando os membros do conselho de boca aberta. Era o que devia ter feito na adolescência, ao invés de idolatrá-lo, mas não, revoltou-se num efeito retardado. Tudo indicava que estava no ponto e isso eu vi, vi ainda no Santos Dumont, antes de embarcarmos.

Ele foi um bem para a organização, a começar pelas somas de sua herança que foi generosamente doando para a concretização dos projetos do professor. Ele vinha de uma das famílias mais ricas do país, o que é como uma bola-de-neve em quase toda parte mas particularmente no Brasil. Seu avô tinha feito fortuna com a exploração de minerais na Amazônia e a comercialização de substâncias — para uso na construção civil — consideradas altamente tóxicas em qualquer lugar do mundo menos aqui. O pai deu o golpe do baú. A mãe era apenas uma das cinco filhas do milionário. Graças à influência do nome do sogro junto aos militares durante a ditadura, o pai foi agraciado com duzentos mil alqueires de floresta, um verdadeiro país pelo preço de um quarto-e-sala na Barata Ribeiro, além de todo um programa de "incentivos" para o "desenvolvimento da Amazônia", dinheiro este que nunca teve que reembolsar e cuja mais ínfima parcela serviu para derrubar boa parte da floresta, abrir uma estrada que acabou por se transformar em lodo em menos de três meses e espalhar algumas centenas de cabeças de gado nelore pelo meio de tocos de árvores queimadas. O resto foi para bancos na Suíça. O milionário sabia muito bem quem era o genro, porque ele próprio também não era muito diferente, só que mais esperto, mas isso era o de menos, já que o objetivo era desencalhar a filha. A herança, no entanto, não passaria pelas mãos do genro. Iria diretamente aos netos. Ele se tornou um dos herdeiros com a morte do avô milionário. Esse sistema provocou uma curiosa situação, já que os filhos passaram a possuir mais que o pai, cujo acesso direto ao dinheiro da mulher foi impedido pelo testamento deixado pelo sogro. O pai não podia ter tido outra reação quando descobriu as generosas contribuições do filho para a causa. Na verdade, tentou conversar com ele antes para dissuadi-lo daquilo tudo, mas teve como resposta um sermão do filho — do mesmo tipo dos que eu passava nas minhas vítimas, mas ainda mais crédulo, a repetição inflamada das palavras do professor. Hipnotizado por sua própria voz interpretando as palavras do professor como se fossem suas, o filho por um instante acreditou que convenceria o pai a abraçar também a causa. Por um instante, teve compaixão pela ignorância do pai, uma vítima do sistema, e tentou salvá-lo. Mas só por um instante, enquanto o pai perplexo observava o próprio filho e, sem assumir a consciência da parte que lhe cabia na culpa, ia entendendo que estava perdido. Foi a última tentativa de diálogo. O pai não pensou que tivesse criado um monstro. Era inocente. Saiu dali decidido. Convenceu a mulher, uma louca, coitada, e uma besta em sua loucura, e entrou com um processo de interdição do herdeiro. Não os reprovo. Eu teria feito o mesmo. O processo durou séculos, porque compramos o juiz e os peritos. Poderiam ter feito o mesmo, mas chegamos primeiro. Enquanto isso, aceleramos os ritmos das contribuições. O herdeiro estava convencido de que seu pai era um agente do sistema da sociedade ocidental, uma espécie de gerente de segunda classe. A idéia de novas e mais generosas contribuições à causa partiu do próprio herdeiro.

Nesse ínterim nós lhe arrumamos uma noiva, indicada pelo professor, e dois meses depois já estavam casados, mesmo contra a vontade dos pais e as mais terríveis ameaças. Impotentes, tendo que enfrentar a verdade da justiça que eles próprios construíram para defendê-los, os pais passaram a uma tática mais desesperada e decidiram raptar o filho. O pai do herdeiro contratou dois detetives para "salvar" o filho. Que o achassem, o raptassem, qualquer coisa, mas salvassem o filho. Era gente especializada, com experiência nesse tipo de caso, nossos arquiinimigos, membros fundadores da ADVCS [pronuncia-se *adviks*], a Associação dos Desprogramadores das Vítimas de Cultos e Seitas, uma associação formada por ex-delegados da polícia civil a serviço de famílias desesperadas com filhos perdidos na alucinação dessas organizações. O pai os contratou para que raptassem o filho, mas ele não usava esse verbo, dizia "salvar". A primeira tentativa foi quando o herdeiro partia para a igreja, no dia do casamento, e, por medida de precaução, depois de nossos seguranças terem identificado dois agentes da ADVCS entre os convidados e interceptado um carro que nos seguia, acabamos casando os dois só no civil. Depois vieram outras. Um dia ele estava saindo de casa para o escritório de manhã e viu o carro parado na esquina, com dois homens dentro. No caminho para o escritório, porque continuava administrando a parte que lhe cabia na empresa, que era da família e não do pai, viu pelo retrovisor que o seguiam — não era a primeira vez, no último mês escapara por pouco, uma vez enquanto corria de manhã no parque e um homem se aproximou dele e disse que precisavam conversar, escapou só porque um casal conhecido apareceu, parou e lhe deu bom-dia, obrigando o homem a desaparecer. Se não fosse por isso, talvez hoje estivesse desaparecido e "desprogramado". No carro decidiu que dessa vez seria a última. Telefonou para a mulher. Ela atendeu na cozinha e ouviu em silêncio o que já esperava, que ele estava sendo seguido, e começou a tremer, porque sabia que isso ia acontecer um dia, eles iam tentar e conseguir, porque ele era tudo o que não queriam, era a justiça, o bem, a sanidade, e eles o mal e a corrupção, ela ouviu o que tinha que fazer, telefonar para o advogado, que ele não estava conseguindo do carro, e fazer imediatamente uma denúncia à polícia, se ele não conseguisse ele mesmo, de que estava sendo ameaçado pelos pais, corria o risco de ser raptado. Conseguiu despistá-los e, em vez de ir ao escritório, continuou até a polícia. Na semana seguinte, os pais foram notificados da ação que o filho estava movendo contra eles, por conspiração e tentativa de rapto.

Qualquer passo em falso e estavam perdidos. Com a queixa, tudo parecia resolvido, porque se sumisse a suspeita recairia imediatamente sobre o pai e seus capangas, mas foi aí que ele se enganou e eu entendi pela primeira vez que era ele que estava perdido, tinha sido tão ingênuo — e eu então, era o que eu pensava para tentar me livrar da culpa. Com a tentativa de rapto e a desconfiança paranóica que alimentava em relação ao pai, procurou imediatamente o advogado para fazer um testamento. Foi tão ingênuo. Fomos todos! A mulher tinha concordado que cedesse todos os seus bens ao professor e à causa. Achou que com isso estava se protegendo. Assim o pai não poderia mais dar sumiço nele. Mas esqueceram-se do professor. No começo eu também não pensei. Achei que o professor não seria capaz. Aquilo nem me passou pela cabeça. Na verdade, não era ele — não poderia controlar tudo da prisão — mas os homens dele... Outros que, como eu, tinham se entregado cegamente à organização e seriam capazes de tudo pelo bem do professor e o sucesso da causa. Mas quem podia garantir a origem daquelas ordens, que tivessem partido realmente do professor? Só muito depois fui entender que aqueles homens em Paris eram defensores da causa e que o pai do herdeiro não tinha perdido a cabeça, longe disso, ao continuar tentando raptar o filho mesmo depois da queixa judicial. Se ele não o raptasse, seriam os outros que o matariam para que o dinheiro fosse para a causa. De qualquer jeito, a culpa recairia sempre sobre o pai. Os homens do professor sabiam. Podiam matar o herdeiro quando quisessem. Seriam sempre os capangas do pai aos olhos da justiça. O herdeiro tinha cavado, sem perceber, sua própria cova; tinha assinado sua sentença de morte.

Continuou sendo perseguido. Não podia dar um passo sem proteção. E mesmo os guarda-costas por vezes pouco adiantavam. Pensávamos que eram os homens do pai. Não sabíamos. Fomos tão ingênuos. Por isso ele não entendeu nada — muito menos eu, quando me contou — no dia em que duas quadrilhas de seqüestradores se enfrentaram no centro da cidade, o que lhe permitiu escapar por muito pouco. Duas quadrilhas! Ficamos perplexos. Não podíamos entender que uma delas era enviada pelo próprio professor. Éramos tão crédulos.

Só eu sabia que tinha decidido embarcar para Nova York, Paris e que o destino final era Genebra. Nova York e Paris eram apenas escalas para despistá-los. Ia com todo aquele dinheiro, decidido a fazer o depósito pessoalmente em nome da causa num banco em Genebra. Fui com ele até o aeroporto. Chegamos na última hora de propósito. Tinha uma reserva com outro nome. Entrou no avião quando nada podia impedi-lo.

Voltei para casa e ouvi os gritos no meio da noite. A comemoração do jogo do Brasil em Tóquio. Mas nunca imaginei que a história teria esse desfecho. Se ao menos não o tivesse conhecido, nada disso teria acontecido. Podia ter sido diferente. É isso. Fico aterrorizado só de pensar. Vai ser mártir. A causa vai transformá-lo em mártir.

3
OS ÓRFÃOS

Cristina abraçou o irmão antes de saírem da casa dos avós em Trier. Depois o pegou pela mão e começou a correr. Correu muito, gritando para ele Venha, Guilherme! Venha! Correram pelo centro, pelas praças e atravessaram os arcos romanos, à entrada da cidade, até a estrada. Mal pisou no acostamento e já estava com o braço estendido para um carro azul que entrava na curva. Era o primeiro carro. Cristina viu que, ao passar por eles, o motorista a olhou. Ela olhou para ele também e viu seu rosto. O carro parou uns cinqüenta metros mais à frente e os dois correram até lá.

"Para onde vocês vão?", perguntou o motorista, em inglês.

Cristina olhou para o irmão, que vinha logo atrás dela e ainda corria, e virou-se para o motorista: "Para onde você está indo?".

"Paris."

"Paris está bem", ela disse já abrindo a porta de trás para o irmão e jogando sua mochila no banco da frente, ao lado do motorista. "Na verdade, vamos mais adiante, mas por enquanto Paris está bem."

O motorista não falava nem olhava para ela. Durante quilômetros e quilômetros, ela se remexeu, tentou achar a posição mais confortável no banco, apontou pela janela e gritou: Patos!, mas nada parecia interessar ao motorista, que continuava guiando impassível. Ela tentou conversar mais de uma vez, dizendo seu nome e perguntando o dele logo no início, sem obter resposta, e depois comentando a situação da Alemanha unificada, repetindo o que tinha ouvido dos avós. Só quando faltavam cinco quilômetros para atravessarem a fronteira é que ela, depois de um longo silêncio, perguntou para ele, sempre em inglês: Você não fala alemão, não é? Ele disse não. Ela riu e olhou para trás, para o irmão, que dormia de boca aberta e a cabeça jogada para trás.

"Ele é afásico", ela disse.

Pela primeira vez desde que parou para apanhá-los, o motorista pareceu mudar de expressão, sem no entanto desviar seus olhos da estrada. Ela sorriu, satisfeita com o efeito da sua frase. "Você quer que eu lhe conte uma história?", ela perguntou.

O motorista olhou para ela pela primeira vez e sorriu pela insistência com que a menina tentava se comunicar com ele, mas não disse nada.

Eis, em resumo, o que ela lhe disse: "Um menino e uma menina cresceram juntos. Não muito longe daqui. Ela era um pouco mais velha que ele. Era quieta, e às vezes a achavam brusca, reagia como se fosse selvagem, como se não tivesse educação, e os mais velhos diziam para ela ser mais educada, mas era o jeito dela, o jeito que ela sentia. Não era brilhante, não tinha nada de excepcional, era calada porque observava, sabia que ia ser sempre assim, ia passar a vida a observar, porque não tinha nada muito próprio, ia ser um reflexo dos outros toda a vida. No fundo, era muito forte. O menino era diferente. Ele era muito bonito mesmo. Você é homem e por isso não pode entender do que eu estou falando. Também não era nada brilhante, porque nem precisava, de tão bonito que era. Ele não precisava de ninguém, ao contrário dela, não vivia observando, era o oposto. Ele é que era observado o tempo inteiro e aquilo fez com que nem mais ligasse, nem mais visse que estavam olhando. Deixava os outros decidirem por ele. Não dizia não. Moravam na mesma rua e ele a namorou quando eram crianças ainda. Depois que a família dele se mudou dali, passaram seis anos sem se ver, até que se reencontraram um dia na faculdade e em três meses estavam vivendo juntos. Nem um nem outro precisava se explicar, porque já se conheciam, já deviam suspeitar que caminhos cada um tinha tomado. No começo, viveram numa casa com outros estudantes e namoraram muito. Não apenas os dois mas os outros também. Naquele tempo era normal. Não vejo nada de mau se era assim mesmo. Tomaram muitas drogas. Para ela foi só uma experiência e, no início, ela pensava que para ele também. Ela ficou grávida no final da faculdade".

O motorista olhou para a menina e sorriu pela segunda vez. Por aquele sorriso, ela entendeu que ele estava desconfiando, para ela era como se tivesse dito: Você está inventando, embora não fosse isso.

"Não, não", ela rebateu, ansiosa por provar que o que dizia era verdade. "Tiveram uma menina. Ninguém falava nada naquela casa. Todo mundo tinha que respeitar todo mundo do jeito que cada um era. E a menina aprendeu um pouco o jeito calado da mãe, mas para ela não era natural e por isso acabou virando uma tagarela, o que dificultou as coisas a certa altura, porque quanto mais ela queria falar com o pai, menos ele queria ouvir, você entende? A mãe até podia calar e dizer que não se importava que o pai saísse quase todas as noites sem ela, mas a filha tinha que se incomodar, não é?" Nesse instante, ela parou e olhou para o irmão atrás, que continuava dormindo. "Ela também tinha as noites dela. Desde o início, eles combinaram assim. Nas noites dela, ele ficava com a menina e contava histórias para ela. A menina aprendeu a gostar dele daquele jeito, mesmo se fosse muito menos do que ela queria. A mãe não dizia aonde ia nas noites dela, quando ele ficava com a menina. Acho que ela saía só para dizer que saía, para não desperdiçar a noite dela, como tinham combinado. Acho que se fosse pela vontade dela nem saía, porque tudo o que ela queria era estar ao lado dele, o maior tempo possível, desde quando eram crianças. Mas para ela seria uma humilhação, não podia ceder, reconhecer que vivia por ele, porque nos dias e nas noites dele, ele saía, desaparecia, e às vezes só voltava no dia seguinte. Ao contrário dela, ele precisava escapar, respirar, e foi o trato deles desde o começo. Ela não perguntava. Preferia não saber. Ele também tirava férias separadas, viajava sozinho com os amigos. Eles tinham esse trato também. Quando tiravam férias juntos, a cada três ou quatro anos, ela se transformava, ficava mais bonita. O menino nasceu quando a menina tinha sete anos. Todos foram muito carinhosos com ele, mas não foi uma alegria na casa. Foi só mais um acontecimento. Ele dava muito trabalho. Logo começou a ficar muito doente, sempre doente, todo tipo de doença. O pai passou a sair mais, mesmo nos dias da mãe, porque ela não podia sair de qualquer jeito, tinha que cuidar do menino. Foi nessa época que a menina ouviu a primeira briga, quando já devia estar dormindo, e foi uma briga horrível, com muita raiva mesmo, os dois gritando e jogando coisas um no outro. Brigaram por uns meses. Um dia passou. Sem explicações. O pai passou a ficar mais em casa, mesmo nas suas noites. Convidava os amigos. Às vezes vinham para o jantar, às vezes apareciam depois. Havia um que vinha mais, que era mais carinhoso com as crianças, porque trazia presentes. Era amigo da mãe também. Ela havia aprendido a gostar dele. Vinha jantar, brincava com as crianças, conversava com a mãe e depois ele e o pai saíam e o pai só voltava de madrugada, quando a mulher já estava dormindo. Foram anos em que o amigo do pai vinha todo domingo jantar com eles, com as crianças e a mãe, e tudo era muito divertido. Era um rapaz muito calmo e delicado, que abraçava a menina. De repente, o pai começou a passar as férias com a mãe e os filhos, e esse rapaz sempre vinha e dizia que aquela era a família dele. Um dia, desapareceu. O casal ainda falava dele, mas geralmente quando os filhos não estavam por perto ou em voz baixa. Às vezes o telefone tocava no meio da noite e o pai saía às pressas e a mãe o ajudava. Às vezes, quando o telefone tocava e ele não estava, era ela que ia. Saía correndo com as chaves do carro na mão. Quando as crianças perguntavam onde estava o rapaz, os pais desconversavam, diziam que estava em casa, dormindo, e uma vez em que a menina disse: Mas ele dorme demais, o pai teve que sair da sala e se trancar no banheiro. Não é que o menino e a menina tivessem raiva. Sabiam que não era para odiar o rapaz e apenas aceitavam que tudo tivesse que ser assim desde o começo, que ele recebesse tanta atenção. Era porque precisava. Mas um dia acabou. O pai e a mãe voltaram para casa às duas da tarde, depois de terem saído no meio da noite, às pressas como sempre. Voltaram só para tomar banho, vestir outras roupas, e sair de novo. Voltaram no final da tarde, exaustos, fecharam-se no quarto e dormiram vinte e quatro horas, você pode imaginar? Vinte e quatro horas! Quando acordaram receberam amigos para drinques e falaram muito sobre o rapaz, mas agora do jeito que falavam, parecia que tudo já tinha passado. Meses depois, depois de eles terem sido mandados para a casa da avó durante as férias, e quando voltaram já não encontraram mais o pai, meses depois, a mãe levou o menino, que melhorava e logo já estava doente de novo (a menina não, porque nasceu antes, teve mais sorte) e a menina a uma exposição de fotografias. Havia muita gente e ela os fez caminhar de foto em foto olhando cada uma delas, mesmo se não quisessem, não tivessem a menor vontade, mas tinham aprendido a não dizer nada. Havia uma foto em que se via o pai, sorrindo para a câmera com o braço em torno dos ombros do rapaz. Deve ter sido numa daquelas férias porque estavam na praia, de calção.

Quando pararam na frente daquela foto, o menino virou-se para a mãe e disse Peter, ele disse o nome do pai, não disse pai, como costumava, ele disse: É engraçado, eu não me lembrava mais do Peter, e a mãe olhou para ele só por um instante, com a boca entreaberta e depois voltou a olhar a foto paralisada e a menina apertou a mão da mãe, porque sentiu pela primeira vez que ela havia sido atingida pelo filho, pela violência de quem não pode manifestar sua raiva livremente, porque no fundo tanto o menino como a menina estavam entupidos de raiva daquilo tudo, você entende?, é normal, uma violência muito mais violenta, porque tem que sair dessa forma disfarçada, quando ninguém espera, e a mãe não esperava ouvir aquilo do filho — É engraçado, eu nem me lembrava mais do Peter —, a menina apertou a mão da mãe, que não se movia mais na frente da fotografia do marido e do amigo dele que agora estavam mortos. É lógico que o menino e a menina tinham percebido desde o início mas não falavam nem entre eles. Percebiam que o pai era internado. Ia e saía do hospital. Levantava no meio da noite e às vezes caía no caminho entre o quarto e o banheiro. É lógico que perceberam tudo e por que foram mandados às pressas para a casa da avó naquelas férias quando ele voltou do hospital numa maca e a mãe explicou aos pais dele por telefone que ele preferia assim, queria estar em casa. O menino e a menina também não disseram nada quando voltaram das férias e não encontraram mais o pai em casa. A primeira vez que a menina ouviu o irmão falar foi naquela exposição, na frente daquela fotografia, quando chamou o pai de Peter. O pai desapareceu quase um ano depois do rapaz. A menina sabia que o mesmo ia acontecer com a mãe. Então por que mentiram? Não dá para entender por que eles mentiram. Ela ia acabar sumindo também. Talvez o menino não soubesse. Mas a menina logo desconfiou. Não dá para saber o que o menino achava, porque tinha demorado tanto para falar e um dia parou. A voz foi embora e ele nem sequer tentou mais. Parou."

E nessa hora ela nem olhou mais para o irmão no banco de trás, que tinha acordado e olhava indiferente pela janela.

"Nós podíamos ter tido problemas, se eles tivessem nos parado na fronteira", disse o motorista, em inglês, sem tirar os olhos da estrada, já em território francês.

"Minha avó não sabe que estamos aqui. Acha que estamos na casa de uma amiga. Não tem perigo."

"Aonde vocês pensam que vão?"

"O mais longe possível. Pode ser América do Sul."

O motorista olhou para ela nessa hora e quase perdeu a direção numa curva. "Custa caro, você sabe?", disse.

"Nós temos o dinheiro", respondeu a menina. "Você não me deixou terminar. A menina ainda disse à mãe que preferia que tudo ficasse como estava, mas ela morreu assim mesmo. A menina preferia que o tempo parasse. O melhor teria sido antes do pai morrer, que estava tudo tão bem daquele jeito, mas se a mãe não disse nada era porque já estava a caminho também, já sabia, você sabe?, não quis dizer nada. A menina disse também que gostava dela mas preferia o pai, a mãe sabia. Um dia ela começou a ir para o hospital. Foi uma vez, depois voltou, foi outra vez, como ele, a mesmíssima coisa, e depois sumiu. Foi quando levaram a menina e o menino para a casa da avó, quando começaram a ouvir falar no dinheiro. Entenderam a boa vontade da avó, que ela queria reformar a casa e ia poder usar aquele dinheiro dizendo que era para o bem dos netos também. É melhor não pensar por que o rapaz fez isso, por que deixou todo aquele dinheiro para as crianças. É melhor não pensar que ele tenha tido alguma culpa na morte dos pais. Era muito dinheiro mesmo. A menina não ia querer usar o dinheiro se soubesse que era o pagamento pela morte dos pais, você entende? Ele não tinha herdeiros mesmo, não tinha filhos, e o pai das crianças era o melhor amigo dele. Não é normal? Tudo para a menina e o irmão. Ela teve que roubar da bolsa da avó. E isso ainda não era nada comparado ao que tinham no banco mas não podiam tirar antes dos dezoito anos. Por isso resolveram esperar bem longe, para que a avó não tivesse mais desculpas para usar o dinheiro dizendo que era para o bem dos netos quando na realidade estava querendo reformar a casa, comprar um carro novo. Quando a mãe morreu, a mãe que era filha dela, ela perguntou aos netos se não queriam fazer uma viagem, que era melhor, quase comprou as passagens, mas eles disseram ao advogado que não queriam e ela teve que abrir mão daquele capricho. Era ela que estava querendo viajar. Ela precisava prestar contas ao advogado de como usava o dinheiro. Não dava para saber se de vez em quando pensava na filha, que agora estava morta. O que a menina roubou dá para comprar duas passagens para qualquer lugar do mundo. Quando ela fizer dezoito anos, vai voltar e pegar todo o dinheiro que é dela e do irmão. É melhor não pensar se esse dinheiro é o pagamento pela morte dos pais. É muito dinheiro. Só para ela e para o irmão", ela disse e olhou para trás. "Isto aqui já é Paris? Aqui está ótimo. Você pode nos deixar aqui, que está ótimo."

4
OS IDÊNTICOS

Os convidados continuavam entrando em levas pela embaixada, no fim da tarde quente de agosto, quando a cidade estava vazia e a idéia de uma recepção era tão improvável, quando um funcionário, com um copo de uísque na mão, esqueceu que era o embaixador que falava a uma senhora a seu lado e, como se não lhe interessasse o que ele dizia, começou a prestar atenção na conversa de uma outra roda a alguns metros, pediu licença ao embaixador e à senhora e abriu caminho pelo meio de toda a gente até o outro grupo, onde um casal de turistas parecia fazer as vezes de anfitriões embora não passassem de convidados.

"Posso participar?", disse o funcionário. "Quando vocês chegaram a Paris? Estão gostando? Férias? Eu estava ouvindo. Fiquei curioso. Vocês viram um clochard brasileiro?" E nessa hora ele não conteve mais a ansiedade: "Onde foi? Quando? Vocês podem me descrever como ele era? Era da minha altura?". Os olhos do funcionário ficaram fixos quando a mulher olhou para o marido, os dois ponderaram, olharam de volta para ele e disseram que era. "Ele tinha uma cicatriz no queixo?" E, depois, decepcionado com a resposta: "Barba? Ah... Vocês falaram com ele? Falaram?".

"Ele pediu uma esmola em francês e, quando viu que a gente falava português, disse por favor", disse a mulher, com sotaque baiano.

"E então?"

"Foi embora."

"Para onde?"

"Ah...", disse o marido, rindo e jogando as mãos para o alto.

"Vocês não o viram mais?"

"Não", disse o marido.

"Eu também o vi uma vez, há muito tempo, logo que cheguei a Paris", disse o funcionário. "Daria tudo para encontrá-lo de novo. Estava esperando o último metrô, em Châtelet, e passei por um grupo de clochards bêbados, deitados nos bancos. Olhei para eles e um deles olhou para mim. Eu sei que era ele. Acho que me reconheceu também, porque virou a cara, não teria virado a cara se não fosse ele. Tentou se esconder atrás do casaco e saiu andando, mas mal conseguia, e desapareceu pelos corredores da estação. Fiquei atônito. O trem chegou e eu fiquei sem saber o que fazer. Tomei o metrô, que era o último, e nunca mais o vi. Ele tinha sido meu amigo. No dia seguinte, contei a história aqui na embaixada e uma colega me disse que era o clochard brasileiro, ela pessoalmente nunca o tinha visto mas sabia que existia, a lenda já corria havia anos entre o pessoal da embaixada e o corpo diplomático. Houve uma época em que até tentaram encontrá-lo, é!, alertaram a polícia sobre o caso, mas não deu em nada e ele continuou só como lenda. De vez em quando, reaparece e alguém o vê e repete a mesma história. Como vocês. Desde que o vi, tento reencontrá-lo. Ando pelos corredores do metrô sempre na esperança de que vou esbarrar nele de novo. Nunca mais. Jogamos futebol de praia juntos, quando éramos garotos. Depois, a gente se mudou, eu entrei para a carreira, fui para Brasília e não ouvi mais falar dele. Os pais moravam no mesmo prédio que a gente. Depois que entrei para o Itamaraty, parece que eles também se mudaram. Eu disse à minha colega que ele tinha sido meu amigo e ela me contou o que todo mundo falava. Ela disse que durante o regime militar os pais resolveram mandá-lo para a Europa. Só para ver se esquecia o movimento secundarista. Já era militante naquela época. Ele veio para a França. Passou um ano estudando e fez um amigo. Quando os pais o chamaram de volta, ele sumiu. Por três meses ninguém soube deles, dele e do amigo francês. Os pais tiveram que vir do Brasil. Colocaram a polícia atrás dos dois. Acabaram sendo achados colhendo uvas perto de Bordeaux. Quando os pais o encontraram, ele chorou muito e aquilo os deixou desconcertados. Não entenderam o que ele tinha. Foram preparados para lhe dar um pito e aquela cena os desarmou. Acharam que tinham errado ao mandá-lo para a Europa, que aquilo tinha lhe feito muito mal. No dia em que iam embarcar, ele desapareceu por duas horas. Acharam que tinha sumido de novo. Voltou como um condenado resignado diante da forca. Os pais nem lhe perguntavam mais o que tinha acontecido. Estavam perplexos. De volta ao Brasil, ele foi pouco a pouco se readaptando. A chegada foi mais difícil. E os primeiros meses. Passou as primeiras semanas trancado no quarto. Saía apenas para ir ao correio. Escrevia cartas. Não fazia mais nada. Mas depois voltou à escola e quando entrou para a universidade as coisas já estavam mais ou menos regularizadas. Retomou a política estudantil e aquilo o ajudou a se reintegrar. Um ano depois de ter voltado, o amigo francês veio visitá-lo. Ficou na casa dos pais. Viajaram de ônibus pelo Brasil. Acabou ficando dois meses da primeira vez e três meses da segunda. Na terceira visita, decidiu ficar no Brasil. A essa altura já falava português razoavelmente. O rapaz brasileiro tinha saído de casa para morar numa república, onde também se instalou o francês. Com exceção dele, eram todos militantes. Os pais ainda davam uma mesada ao meu amigo e o francês vivia de aulas particulares. Até que alguém na casa caiu e começou o pesadelo. Eles só perceberam quando já era muito tarde. Todos tinham horas muito bem estabelecidas de forma que todos os outros soubessem onde estaria cada um durante todo o dia. Quando um deles não aparecia em algum lugar, todos os outros eram imediatamente avisados. Tinham que debandar. O sujeito que tinha caído não compareceu a uma reunião marcada para o meio da tarde. Meu amigo foi avisado, assim como os outros, mas ao contrário deles não saiu da casa. Não sabia onde tinha ido o amigo francês, que estava dando uma aula na casa de um novo aluno. Os outros disseram que ele não podia ficar, estava sendo egoísta, porque se o prendessem e torturassem ele ia entregar mais gente, mas ele se recusou a sair dali enquanto o amigo francês não voltasse. Nada era suficiente para demovê-lo. Nenhum argumento. Não podia suportar a idéia do amigo voltando para casa, não encontrar ninguém e ser preso e torturado, quando não sabia nada de nada, não participava de nenhuma reunião, não teria nada para confessar ou entregar, e aquilo certamente deixaria os militares enlouquecidos. Não suportava a idéia de deixar o amigo francês sozinho. Não podia abandoná-lo. Seria uma traição. Por isso, ficou. E foi o único preso quando a polícia chegou. Passou a noite nu dentro de um frigorífico. Não disse nada. Foi solto no dia seguinte, graças a um tio que era militar e tinha amigos influentes. Esse tio alertou depois ao pai do meu amigo que era melhor o rapaz sair do Brasil, estava na hora e não haveria uma segunda oportunidade. Foi por essa época que o pai teve o enfarte. Foi fulminante. Não sei se ele já não ia sair do Brasil de qualquer jeito, mas a morte do pai dificultou ainda mais as coisas. A mãe agora estava sozinha e ele ficou. O amigo francês também ficou ao lado dele. Foram morar na casa de um professor da universidade, até que um dia esse professor também foi denunciado por um amigo que tinha caído (foi preso dentro do campus) e eles receberam um aviso no meio da tarde, um vendedor ambulante veio bater à porta, de que tinham que desaparecer. Por que esse francês o acompanhou na clandestinidade se não tinha o menor envolvimento? Durante um dia inteiro, eles perambularam pela cidade, telefonando de cabines públicas, porque não podiam ir à casa de ninguém. Tudo era arriscado quando alguém caía. Conseguiram entrar em contato com pessoas da organização que arrumaram para eles, com o auxílio da Igreja, uma casinha na Baixada onde conseguiram ficar por mais um ano. Mudaram-se com a roupa do corpo. Levaram uma vida pacata. Trabalharam para o padre. Saíam de manhã e voltavam no final da tarde. Mas ao cabo de um ano foram denunciados, porque um dia o padre os acordou no meio da noite, dizendo que precisavam desaparecer. Foi quando o amigo francês tomou a decisão. Parece que eram mesmo muito parecidos. Todos comentavam. Quando se mudaram para a Baixada, os vizinhos acharam que eram irmãos, o que tornou em princípio tudo menos complicado. Não precisavam ficar explicando nada. Eram muitíssimo parecidos. O francês decidiu que tinha chegado a hora e entregou o próprio passaporte ao meu amigo. Combinaram tudo com precisão. Não podiam errar. Mas não estavam mais com a cabeça no lugar. Estavam encurralados. A organização entrou com o dinheiro da passagem. Assim que recebesse a notícia de que o avião tinha decolado, o francês devia procurar o consulado e dizer que tinha perdido tudo, dinheiro e passaporte. Talvez tivesse sido roubado. Achou que seria convincente.

'O que eu devo fazer agora, que perdi o meu passaporte?... Tenho, tenho certeza. Já procurei por toda parte e não acho... Como?... Deve ter sido ontem. Eu não sei, porque foi só na hora que eu precisei é que fui procurar.'

"Tudo parecia ir às mil maravilhas. Mas o francês foi detido no aeroporto quando tentava embarcar com o novo passaporte de volta para a França, duas semanas depois. Esperaram que chegasse até ali. Já não estava mais preparado. Meteu os pés pelas mãos. Foi levado a uma sala sem janelas. Prosseguiu inicialmente com a encenação tal como prevista. Disse que ia chamar o consulado, queria alguém do consulado. Pediu explicações. Fez-se de desentendido. Quando percebeu que sabiam de tudo, porém, quando lhe perguntaram se não era amigo do outro, mudou subitamente de tática e começou a falar mal do amigo, indignado, disse que o outro tinha roubado seu passaporte para fugir do país. Os guardas só o observavam e sorriam. Esperavam a chegada de outros. Começou a ficar nervoso quando viu que tinha perdido o avião. Quando dois homens de farda entraram na sala, o francês disse, trêmulo, que o amigo o havia traído e não podia admitir aquela traição ('Não posso perdoar'). Mas suas frases não convenciam, não tinham o menor efeito. Dali ele foi levado a uma outra sala, de carro, em algum lugar nas redondezas do aeroporto. Era uma sala mais escura, onde foi entregue a outros homens cujos rostos não podia ver. Outros, que estavam na sala ao lado e sobreviveram, ouviram e contaram. Depois de alguma tortura, um homem surgiu do fundo da sala e lhe disse que o amigo não tinha conseguido embarcar, que estava preso sob o jugo dos militares, e nesse momento o francês, que até então, dentro das possibilidades, tinha agüentado tudo dignamente, se traiu. Gritou e chorou como uma criança. Os militares o mataram. Eu soube por meus pais que durante um bom tempo, desde que o filho desapareceu, a mãe do meu amigo manteve um cartaz pregado na janela do escritório onde trabalhava como secretária, para se sustentar, desde que o marido tinha morrido de enfarte. No cartaz, ela havia escrito: 'Onde está o Jorge?', de maneira que todos os que trabalhassem nos prédios em frente pudessem ler. Foi uma mulher bonita. Ela não soube que o filho tinha escapado sob uma identidade falsa.

Para que o plano desse certo, não haviam contado a ninguém. Os responsáveis tiveram o sadismo de fazer a polícia entregar o corpo do francês à mãe do meu amigo, o corpo dilacerado, dizendo que o filho dela tinha sido assassinado por bandidos na Baixada. Ela o recebeu impassível, providenciou todo o enterro e depois de tudo resolvido, no meio da noite, tocou fogo nas cortinas do apartamento. Quando mais de um ano depois vieram lhe dizer que tinham visto seu filho em Paris, ela sorriu e continuou tomando seu chá como se tivessem lhe falado do mau tempo. Meu amigo pediu asilo político assim que chegou à França. Já o esperavam. Quando soube da morte do outro, por telefone, duas semanas depois, a primeira coisa que ele disse foi não, sem espanto, sem desespero, sem entonação, um não inexpressivo, só não, que não queria dizer nada. Não."

5
O CONTRATO

Ela desmaiou no dia 30 de março, às onze horas. Estava andando na rua, indo para o trabalho, e quando abriu os olhos de novo estava deitada no chão, já em cima de uma maca, cercada de curiosos. Tentou levantar a cabeça, queria ir embora, não estava entendendo nada, mas um dos enfermeiros da ambulância que já estava parada na esquina colocou a mão na testa dela e forçou sua cabeça para baixo, de volta ao lugar de onde tinha saído. Podia ter sido pior. Podia ter morrido. Ainda tinha seis meses de vida. Ainda podia se candidatar ao anúncio que viu na revista que lhe caiu nas mãos como uma mensagem dos céus, como ela própria disse, porque agora às vezes já não sabia só se pensava ou se estava falando também. No último mês antes de desmaiar Sandra vinha pensando em voz alta. Os médicos disseram que era normal. Às vezes, tinha a impressão de estar sendo seguida. O anúncio dizia que só quem ainda tinha seis meses de vida podia se candidatar. Nem mais nem menos. Porque cada centavo foi calculado tendo como base esse período. A empresa acreditava nos médicos. Sandra não. Na verdade, a empresa também não. Sabiam que os médicos podem errar e os seis meses eram apenas uma estimativa precária e incerta, sobretudo nesses casos. Mas todo investimento precisa de uma base de onde partir mesmo se não faz parte da realidade, uma taxa, mesmo irreal. Na verdade, estavam preparados para uma certa imprecisão. Não seria muito grave se, ao invés de seis meses, Sandra morresse em oito, dez ou mesmo um ano. As devidas precauções já estavam embutidas no cálculo dos lucros. Se morresse um pouco depois, não ia fazer muita diferença. Estavam preparados para esse tipo de imprevisto.

O advogado explicou isso a Sandra. "De qualquer jeito, é melhor para você. Você não tem mais dinheiro. Não tem como pagar o tratamento. Quanto mais tempo você sobreviver, pior vai ser. Assim, pelo menos você tira essa preocupação da cabeça e passa a cuidar só do que importa." E Sandra estava apenas voltando a si.

O anúncio dizia: "Ganhe de novo o controle sobre sua vida. Esqueça as contas e mantenha sua independência financeira trocando seu seguro de vida por dinheiro. Ligue hoje mesmo".

O advogado passou para pegá-la de manhã, ainda cedo, e eles atravessaram a cidade na contramão, que até as dez horas o sentido do tráfego era propositalmente inverso para facilitar o fluxo na direção do centro e evitar os engarrafamentos.

O corretor da empresa os recebeu numa sala sem janelas cujas paredes eram divisórias brancas, de forma que dava para ouvir o que se passava na sala ao lado, e durante toda a explicação do representante — que a empresa lhe pagaria sessenta por cento do valor do seu seguro de vida, em vida; que esse valor podia ser tanto em dinheiro quanto transformado em remédios e tratamentos e que mantinham sigilo absoluto, preservando a identidade do doente — eles ouviram o eco na sala ao lado, na boca de outro corretor que repetia exatamente as mesmas palavras a um outro cliente.

Antes de assinar, Sandra olhou para o corretor e disse que não entendia como eles lucravam com aquilo. E se ela não morresse na data prevista? O corretor olhou para ela e depois para o advogado: "Acho que seu advogado pode explicar para você. Não se preocupe conosco, faça apenas a sua parte".

No carro, de volta para casa, o advogado disse a ela que a empresa funcionava como um intermediário. Comprava o seguro de vida por sessenta por cento, pagando pouco a pouco, conforme as necessidades do doente, mas que antes vendia esse seguro a um terceiro por oitenta por cento do valor. A empresa lucrava vinte por cento imediatamente e o investidor vinte por cento com a morte do cliente. Sandra perguntou: "E se esse investidor, para receber mais rápido os vinte por cento, decide apressar a morte do doente?". O advogado olhou para ela por um instante um pouco irritado por Sandra raciocinar como se não estivesse doente e não fosse morrer em seis meses como disseram os médicos, e depois continuou dirigindo e disse: "É essa a razão de haver a empresa como intermediário entre o doente e o investidor. Você não ouviu ele dizer que o sigilo é absoluto? Não é do interesse deles. Se não houvesse sigilo, o investidor podia procurar o doente diretamente e seria o fim da empresa. Os nomes dos doentes são mantidos em sigilo para a própria sobrevivência do negócio".

Quando o homem entrou na sala com seu advogado, Dobbs, o homúnculo da firma, adiantou-se na direção dele com a mão estendida. A sala era cercada de janelas contínuas nas duas paredes e, como as cortinas estavam abertas, ele pôde ver o resto da cidade. Dobbs era só sorrisos. Segurou a mão do homem com as duas mãos por um bom momento — que para o homem pareceu infinito — enquanto o olhava nos olhos, com o rosto ligeiramente curvado para a direita e sempre o mesmo sorriso imobilizado. "Prazer", disse Dobbs. "Sente-se, por favor, sente-se. Fico contente que tenha aceitado a nossa oferta. É um negócio da China, não é mesmo?" O homem já conhecia as cláusulas mas deixou Dobbs falar por um tempo, sem interrompê-lo. Quando o homúnculo, careca e com chumaços de cabelo grisalho amassadinhos atrás das orelhas, pareceu ter terminado, o homem disse: "Perfeito. Eu só tenho uma exigência". Dobbs, sempre sorrindo e com a cabeça ligeiramente inclinada para a direita em sinal de compreensão e benevolência, perguntou: "Pois sim?".

"Quero escolher o cliente de quem vou comprar a apólice", disse o homem.

O sorriso desapareceu do rosto de Dobbs: "Mas o senhor há de convir que...".

"É a minha única exigência."

"Mas são nossas regras. Eu não posso...", disse Dobbs olhando para o advogado, não se sabe bem se em busca de cumplicidade, que o advogado o ajudasse a trazer seu cliente de volta à razão, ou se, desconfiado, tentando decifrar se aquilo não era uma armadilha de ambos.

"Como o senhor quiser. É a única exigência", interrompeu o homem.

"Mas o senhor sabia que isso não era possível."

"Estamos negociando, senhor Dobbs."

"O senhor está me colocando numa situação muito embaraçosa. Eu me comprometo a selecionar um para o senhor. Um que tenha mais chances de morrer antes de seis meses."

"Eu quero escolher."

"Mas o que o senhor está me pedindo é para abrir todos os nossos dossiês para o senhor. Estaríamos quebrando o contrato com todos os clientes e não apenas com o que o senhor escolher."

"Eu entendo, mas só posso assinar se for assim."

148

"Por favor, o senhor me dê um minuto, que eu preciso consultar meus superiores", disse Dobbs, com suor nas têmporas, ao mesmo tempo nervoso e irritado por saber que não podia perder a oferta, antes de pegar o telefone. "Miss Hogarth, me ligue com o senhor Siqueiros, já", e depois sorriu de novo, em silêncio, para o homem e seu advogado.

Meia hora mais tarde, os dois saíram da sala de Dobbs. Apertaram as mãos de novo, Dobbs sorrindo com a cabeça ligeiramente curvada para a direita: "Muito obrigado".

O homem estava lívido: "Sou eu que agradeço", disse.

Enquanto esperavam o elevador, o advogado perguntou se estava se sentindo bem. Com a mão na testa e o rosto ligeiramente contorcido, o homem o encarou e, encenando um sorriso, disse que estava tudo bem.

Sandra começou a receber o dinheiro em uma semana. Tinha uma quantia mínima estipulada semanalmente, mas sempre que precisava de dinheiro extra para alguma consulta, exame, tratamento ou remédios, bastava apresentar uma requisição do médico e o dinheiro estava em poucas horas em sua conta. Sandra tinha sido muito clara e direta com o patrão. Explicou o que tinha e que, sendo assim, não via razão para continuar trabalhando. O patrão tentou convencê-la de que era melhor continuar, que seria pior para ela largar o trabalho (temia um processo, que achassem que a estava demitindo por causa da doença), mas Sandra estava decidida. Explicou que tinha entrado numa depressão profunda e não via sentido em mais nada. "Muito bem. Nós vamos colocá-la de licença médica e se você melhorar, ou quando quiser, você volta", disse o patrão.

Ambos sabiam que não ia voltar, mas o patrão tinha razão, porque em um mês a depressão de Sandra aumentou e a falta do que fazer só contribuiu para o sentimento de que nada mais fazia sentido e para o surgimento de novas obsessões. Foi quando começou a receber telefonemas anônimos, por exemplo. No começo achou que era um problema das linhas mas depois, com a insistência, aquilo passou a exasperá-la de uma tal forma que acabou, num dos seus piores dias, arrancando a tomada da parede e depois tendo que chamar a companhia telefônica para repará-la. Requisitou uma linha nova. Alegou razões pessoais. "Quando as coisas começam a dar errado, é uma atrás da outra", disse sem mais nem menos ao homem da companhia, que ficou visivelmente assustado com o estado psicológico de Sandra, que tinha se deteriorado bastante desde o dia do desmaio.

Geralmente, de manhã cedo, quando tinha mais forças, saía para dar uma caminhada pelo bairro. Numa dessas caminhadas, achou que estava sendo seguida, acelerou o passo e quando chegou em casa mal conseguia respirar. Uma certa noite, ouviu passos dentro de casa, na sala. Trancou-se no quarto e ligou para o advogado. Disse que tinha certeza de que alguém tinha entrado em sua casa. "Chame a polícia", disse o advogado, "você está sendo assaltada como todo mundo nesta cidade." E depois, quando percebeu que Sandra não estava dizendo coisa com coisa, pediu para ela se acalmar, que isso fazia parte da doença, ela precisava se acostumar com esses estados, e disse que estava a caminho. Não havia ninguém além de Sandra quando o advogado chegou. Nem um vestígio de assalto. Nada.

Sandra passou a semana seguinte sem sair de casa, atormentada pelos telefonemas que, após um intervalo de alguns dias, depois de ela ter arrancado a tomada da parede e trocado de número, voltaram a infernizá-la. O primeiro telefonema veio no meio da noite, começou a tocar no meio de um sonho. Ela demorou a acordar. Pulou aflita da cama e, quando atendeu, ouviu um chinês.

O chinês é a língua mais falada no mundo. Ele falou em chinês e quando ela respondeu em inglês o homem insistiu em chinês. Ela retrucou de novo em inglês e ele riu. Riu em chinês. Continuou falando, mesmo depois de ela dizer que não, não era ali, não era ela, era engano, continuou sempre em chinês, como se conversassem, mesmo depois de ela falar em inglês e francês e mesmo algumas palavras de português que tinha aprendido com o marido, mas para o homem do outro lado era só chinês.

Por vários dias o telefone tocou, sempre no meio da noite (de dia não tocava), às vezes cinco telefonemas na mesma noite, com intervalos que variavam entre quinze minutos e uma hora, e ela repetiu a mesma coisa, que não era ali, não havia nenhuma madame Wang (quando finalmente compreendeu essas duas palavras, ditas em inglês por um dos interlocutores, porque por fim entendeu que eram vários e não apenas um), mas eles apenas riam quando ela falava em inglês. Riam em chinês.

Sandra demorou a entender que seu novo número tinha pertencido a uma companhia chinesa de importação e exportação que, por baixo do pano, trazia chineses ilegais para os EUA em barcos apinhados. Entendeu no dia em que leu uma reportagem no jornal sobre as levas de chineses que chegavam à costa do México, quando leu pela primeira vez sobre Madame Wang, a companhia que comandava o tráfico ilegal de imigrantes e havia sido desmantelada pela polícia de Los Angeles. Também demorou a entender que devia desligar o telefone no meio da noite. Tinha medo de que alguma coisa lhe acontecesse e não pudesse avisar ninguém.

Uma dessas noites, ouviu tiros, achou que estivesse sonhando e, quando acordou pela manhã, soube pelo vizinho que a mulher que morava no andar de baixo tinha sido assassinada por assaltantes. Sandra ouviu aquilo como um sinal. Tinham errado de apartamento, ela pensou. Na realidade, era ela que eles estavam procurando. Só lembrou que tinha prometido a si mesma não ligar mais para o advogado quando já estava discando o número. Dessa vez, ela lhe disse que sabia, que alguém da empresa estava atrás dela, queriam matá-la, agora tinha certeza. E ele, tentando acalmá-la mais uma vez, com a ausência de tato que lhe era habitual, disse que ela não estava entendendo, talvez fosse uma forma de defesa e, nesse sentido, muito válida, mas a última coisa que eles precisavam era se arriscar a tal ponto para apressar o que já tinham assegurado.

Enquanto ele falava, tentando convencê-la do delírio, todo o passado desfilou diante de seus olhos. Primeiro como conheceu aquele homem — durante a viagem que fez ao Brasil, na tarde em que visitou o Instituto Butantã, em São Paulo — com quem se casou como uma louca quando ele resolveu se mudar para Los Angeles três meses depois. Casou para que ele pudesse ter o green card. Nada sabia dele além de que tinha abandonado a zoologia para se tornar uma espécie de terapeuta — no início não entendeu bem de quê, até ele lhe explicar, semanas depois do casamento, por que teriam que se mudar de Los Angeles para Houston, onde ele abriria seu consultório — sem com isso ter que abandonar sua maior paixão: as cobras. Quando ela perguntou perplexa por que Houston, como se apenas começasse a acordar da loucura que tinha cometido, ele lhe falou das cascavéis.

Aquele casamento não podia dar certo e agora ao telefone, enquanto o passado corria diante de seus olhos, ela tentava encontrar uma razão para uma atitude tão despropositada e destrutiva, não tinha nem a quem chocar, não era nem a bandeira de uma rebeldia, não era nada, não tinha sido nada, casou apenas, para só depois descobrir a profissão do marido, o brasileiro. Quando finalmente teve a coragem de perguntar se o que ele fazia tinha nome, ele respondeu, batendo a porta: "Dessensibilizador de mulheres ofidiofóbicas, mas não tenho tempo agora, estou atrasado, tenho uma consulta às nove''.

Foi preciso ver com os próprios olhos para entender a razão de terem ido viver em Houston, no Texas, ao lado de cascavéis e senhoras ricas. O tratamento de choque oferecido pelo marido a essas senhoras consistia de sessões em que as clientes, freqüentemente aos gritos e encolhidas em poltronas e cantos de paredes, eram submetidas a "contatos progressivos com ofídios". Sandra chegou a ver uma dessas texanas amarrada a uma poltrona e ligada a máquinas que mediam sua excitação e medo, enquanto, através de uma porta entreaberta, a paciente via o terapeuta tirar uma cobra de uma caixa de vidro e vir caminhando em sua direção com a cobra na mão. A mulher gritava muito, dobrava os joelhos em cima da poltrona vermelha, se encolhia e fechava os olhos. "É assim que elas chegam aqui", disse o marido a Sandra. "Eu as deixo boazinhas."

Estava se saindo muito bem com o negócio, que atraía ricas senhoras, aparentemente movidas mais por uma histeria ou à procura de uma catarse sexual do que pela necessidade de perderem o medo de cobras. O marido de Sandra acabou abandonando-a por uma de suas clientes. Ela perdeu a cabeça menos por ter perdido o marido, que no fundo já não queria havia muito, mas ao descobrir que há conseqüências em se jogar fora anos de sua vida. Pode ser uma interpretação primária, mas ela mesma a fez enquanto ouvia o advogado ao telefone e via a vida desfilando na sua frente.

Voltou para Los Angeles. Passou a freqüentar bares para solteiros. Fez de tudo. Conheceu todo tipo de homem — e, se o intuito era recuperar o tempo perdido, errou mais uma vez. Foi nessa época que encontrou na rua, por acaso, um homem que tinha sido seu namorado no ginásio, um homem feio e tolo que foi apaixonado por ela na adolescência. Ficou encantado ao reencontrá-la, levou-a para almoçar e falou de como tinha sido apaixonado por ela. Aquilo levantou um pouco o moral de Sandra e bastou para convencê-la a passar a noite com ele, na verdade quase que por inércia, como vinha passando com todos os que encontrava.

Foram a um hotel, porque ele era casado. Tinha três filhos. Mostrou a fotografia. Ele lhe disse que bastava ela dizer uma palavra e ele largava tudo. Mas, à diferença dos outros, sentiu que ali era ele o mais frágil e cabia a ela abandoná-lo no meio da noite, antes que acordasse (como vinham fazendo com ela), depois de ter lhe contado, sob o efeito de três gins-tônicas, o que vinha sendo sua vida nos últimos meses e ouvido, ainda assim, quando menos esperava, a mais deslavada declaração de amor. Levantou-se e foi embora, deixando-o jogado em cima da cama, e continuou aquela mesma rotina numa compulsão suicida quase consciente e determinada até o primeiro desmaio.

"Por que você não relaxa?", disse o advogado do outro lado. "Você não vê que eles não têm o menor interesse em matá-la? Seriam os últimos a tentar. Estão comprometidos até a raiz dos cabelos."

"Talvez. Mas alguém está me seguindo. O cérebro ainda não foi afetado. Talvez você tenha razão. Talvez tenha sido afetado. Na verdade, tentando lembrar agora, já vinha me sentindo seguida antes do contrato. Deve ser parte da doença. Mas não importa. Posso pegar o dinheiro para fazer uma viagem?"

"Você pode pegar o dinheiro para o que bem entender, contanto que avise para onde vai."

"E se não quiser avisar?"

"Muito bem. Eu me responsabilizo. Faça o que quiser. Vá para onde quiser, mas tem que me prometer que vai carregar o meu telefone sempre com você. No caso de acontecer alguma coisa, você sabe, eu sou o responsável, eles precisam saber onde me encontrar."

* * *

Sandra acabou aceitando. Descobriu que também precisava do advogado. Comunicava onde estava apenas quando chegava ao local, e não passava mais de dois dias em cada lugar. Foi a Honolulu, Tóquio, Hong Kong, Delhi, Atenas, Roma, Paris. Fez dezenas de escalas entre cada uma dessas cidades. Decidia seu destino em cima da hora. Tinha aprendido a viver assim. Comprava a passagem só na véspera da partida. Podia pagar pelo luxo. Avisava ao advogado logo que entrava nos quartos de hotel. Dizia para onde ele deveria fazer a remessa de dinheiro. Tudo funcionou perfeitamente até chegar a Paris. Tinha acabado de entrar no quarto e já ia telefonar para o advogado, como de costume, quando o telefone tocou. Embora em momento algum de seu percurso tivesse sentido que estava finalmente livre (o pesadelo de que estava sendo seguida a acompanhou por todas as cidades, como uma sombra), embora para ela sua vida desde que assinou o contrato não tivesse passado de uma fuga ou uma perseguição, dependendo do ponto de vista, embora tivesse que continuar tomando os comprimidos para dormir e mesmo assim ainda acordasse assustada no meio da noite, embora tivesse a impressão de que não tinha estado sozinha desde que assinou o contrato, nunca sentiu tão palpável a materialidade desse fantasma quanto quando tocou aquele telefone. Deixou tocar mais de dez vezes. Sabiam que estava lá, que tinha acabado de entrar no quarto, pensou. Por fim, atendeu. Não disse nada. Ouviu a voz de um homem: "Estou aqui ao lado". Ela bateu o telefone, apavorada. Tremia. Já não pensava mais na possibilidade de um engano. Não tinha tempo. Só queria sair dali. Saiu correndo do hotel e foi até uma agência de viagens. Correu com dificuldade, porque nas últimas semanas já estava exausta. Qualquer coisa lhe tirava o fôlego e ela achava que finalmente tinha chegado a hora. Queria apagar sem doença nem nada. Rezava para apagar como um passarinho. Disse: "Quero um assento no primeiro vôo para o lugar mais longe que você tiver". "Hoje ainda?", perguntou a moça olhando para o computador em sua mesinha. Ela disse: "O primeiro vôo que você tiver. Para qualquer lugar bem longe daqui". "Temos um vôo para o Brasil ainda hoje", disse a moça. E Sandra repetiu sem entonação, com a expressão morta: "Brasil", que era a última coisa que podia imaginar.

6
O AEROPORTO

Quando o herdeiro pisou no aeroporto de Orly, vindo de Nova York, não percebeu nada. Mesmo quando atravessou o hall sempre com a maleta na mão. Não percebeu que um homem o seguia desde Nova York. Nem que outros quatro, todos de terno, o esperavam em Orly. Tinha três horas de espera pela frente, três horas entre sua chegada e a conexão para Genebra. Tudo com o intuito de despistá-los. Não percebeu nada enquanto atravessava o hall do aeroporto, cheio de gente. Uma menininha provavelmente da idade de sua própria filha cortou seu caminho correndo e rindo enquanto a mãe muçulmana a perseguia (o herdeiro tinha dito à mulher que assim que sua missão fosse executada voltaria correndo para os braços dela e os de sua filha). Atravessava o hall com a maleta na mão, como se estivesse a caminho de realizar a coisa mais importante do mundo.

O crítico tinha tomado o avião ainda cedo em Schiphol, porque preferia chegar com antecedência a correr o risco de perder a conexão. Combinaram de se encontrar diante do balcão da companhia. Desde que sua filha tinha lido o artigo sobre o pintor holandês assassinado no Rio de Janeiro, em voz alta, dois anos antes, ele retomou o contato com os membros que estavam na mesa da conferência de Paris, os críticos especialistas na obra de Kill. Iniciou uma correspondência (ditava as cartas para a filha) com os conferencistas, tentando retomar a questão do trabalho de Kill, que para ele havia sido abandonada sem uma reflexão adequada, sobretudo depois da morte violenta do pintor. Havia algo ali que, segundo ele, precisava ser analisado. Sua filha já não queria mais ouvir falar daquilo, do pintor e das notas falsas. Todos achavam que estava caducando desde que a mulher tinha morrido. A filha havia até pensado em jogar os papéis fora, todos os textos que havia escrito sobre Kill e mesmo algumas obras, algumas cédulas, para abrir espaço no apartamento, mas recuou quando o velho crítico lhe perguntou se com isso ela queria matá-lo.

   Depois daquele artigo, tentou retomar o contato com os outros críticos, primeiro por carta e depois por telefone. Mantiveram encontros mensais durante dois anos. Ou eles iam à Holanda ou ele os visitava em Paris — para ele, era uma distração, mesmo se já não pudesse ver. Passavam as manhãs conversando. Depois de dois anos de discussões e muita hesitação, decidiram que não lhes restava outra opção senão ir ao Brasil, onde encontrariam traços das últimas séries de Kill, poderiam fazer entrevistas, levantar informações a que jamais teriam acesso da Europa. Sem a visão, ele seria de pouca utilidade. Mas os outros insistiram. Sabiam o quanto era importante para ele. Decidiram viajar no mesmo avião. O mais simples seria que ele fosse até Paris — os encontraria no aeroporto e embarcariam no vôo para o Rio de Janeiro.

   Agora ele descia a escada rolante acompanhado de uma funcionária da companhia aérea, que o levou até dois velhinhos distintos, diante do balcão de embarque. Quando a moça lhe disse: "Lá estão", ainda na escada rolante, ele levantou o braço — mesmo sem poder vê-los —, mas eles não o viram.

   O funcionário da embaixada desceu do carro e correu para abrir a porta do embaixador, do outro lado. Depois de ajudar o embaixador a descer, foi buscar um carrinho para as malas que o motorista já havia descarregado, colocando-as uma ao lado da outra, como irmãzinhas, na calçada. O funcionário empurrou o carrinho enquanto entravam no aeroporto e o embaixador consultava sua passagem. Por pouco não atropelou uma menina e um menino que passaram correndo pela frente do carrinho. A menina segurava o menino pela mão e dizia: "Venha! Venha! Estamos quase chegando! Vamos, Guilherme! Agora só precisamos descobrir onde é o embarque", em alemão. O funcionário, que tinha visto a passagem na mão da menina, olhou para o embaixador e sorriu: "Estão procurando o seu vôo". O embaixador não respondeu.

Tinham chegado à fila e o funcionário olhava distraidamente para o hall do aeroporto, quando teve um choque. Sua expressão despencou. Era uma expressão de horror agora. Seus olhos acompanharam um homem esfarrapado, um mendigo, que procurava restos dentro de latas de lixo. O funcionário disse baixinho, para dentro: "É ele". Olhou para trás e viu que o embaixador estava sendo atendido e que o motorista, depois de ter estacionado o carro, o ajudava a colocar as malas na balança ao lado da moça da companhia aérea. O funcionário virou-se de volta para o hall, mas agora tinha perdido de vista o mendigo. Hesitou, olhou de novo para o embaixador, que mostrava o passaporte para a moça no balcão. Não podia perdê-lo agora, depois de tantos anos. Não resistiu. Caminhou a passos largos para o centro do hall e o meio da multidão.

A aidética tinha chegado bem cedo para fazer o embarque. Queria livrar-se das malas. Mal podia carregar a própria bolsa. Já com o cartão de embarque na mão, tomou a escala rolante no hall e subiu para o mezanino. Queria estar longe daquela multidão. Queria estar sozinha. Tinha a impressão de que alguém ainda a seguia, mesmo ali no aeroporto. Devia estar delirando, pensava, para se acalmar. Encontrou um sofazinho vazio e sentou-se. Estava exausta. Fechou os olhos. Não havia maneira de afastar aquele cansaço. Quando os abriu novamente, viu um homem feio e tolo de pé ao seu lado, que a observava. Ela olhou para ele e sorriu.

"Ah... Então, é você... Era você o tempo inteiro. Eu pensei..." Ela passou as mãos nos olhos secos e irritados: "Nem sei. Pensei que queriam me matar. Meu Deus...", ela riu.

Falava estranhamente, como se estivesse dentro de um sonho: "Que pesadelo... Desculpe. Desculpe pela cena. Estou tão cansada. Tudo me cansa. Só de olhar quando um monte de coisas está se mexendo, ao mesmo tempo, tenho vontade de fechar os olhos. Nem tenho vontade. Não agüento ficar com os olhos abertos. Você se incomoda se eu fechar os olhos? Ah, é melhor assim. Desculpe". Disse de olhos fechados: "Imagino por que você me seguiu. Eu lamento também. Nem sei como dizer. Eu não sabia. Na época eu ainda não sabia, você vê? Eu lamento mesmo. Eu jamais quis contaminar ninguém". Tinha as mãos entrelaçadas: "Você me desculpe, mas eu estou tão cansada. Você se incomoda se eu parar de falar?", ela disse.

O homem tinha os olhos cheios de lágrimas.

"Sou eu que lamento. Quando vi o seu nome entre todas aquelas fichas... Não sei como pôde ter acontecido. Juro que não sei. Só queria ficar com você. Me desculpe, por favor. Entendi quando vi sua ficha. Não podia imaginar. Fiz o teste no dia seguinte. Eu não queria acreditar. Por que eu? Logo eu que só quis o teu bem?", ele disse.

"Me desculpe. Eu já disse. Eu lamento mas não sabia", ela disse com os olhos fechados.

"Sou eu que lamento! Eu não podia saber também, você entende? Você está me ouvindo? Nem sei quem foi que me passou isso. Eu suspeito. Quando vi a sua ficha, entendi que tinha passado para você. Mas como é que eu podia saber? Só desconfiei quando vi o seu nome. Eu congelei. Só com o seu nome é que suspeitei que talvez estivesse também com a doença. Quase desmaiei quando fui pegar o resultado. Mas não pensava mais em mim, você está entendendo? Eu só pensava em você. Comprei o seu seguro de vida, porque não tinha coragem de te encarar e dizer o quê? Que lamento? Só queria ficar perto de você. Eu sempre te adorei, você sabe, eu sei que você sabe, mesmo se não quer dizer mais nada, e você tem o direito, eu entendo, deve estar louca de raiva, estraguei a sua vida, mas juro que eu não queria, não foi o que desejei, eu só queria você, por favor, me desculpe, eu não sabia que ia te passar essa doença horrível, nem sabia que eu tinha essa doença horrível", ele disse.

Ela abriu os olhos e falou baixo: "Está louco. Por favor, me deixe em paz. Vá embora. Me deixe em paz".

"Eu entendo. Você não quer mais me ver. Você tem razão. Não há desculpa. Só te peço para acreditar que não foi de propósito, eu juro, fui irresponsável, mas inconscientemente, nunca pensei que eu tivesse esse vírus", ele disse.

"Não foi você", ela disse.

Ele parou: "Eu sei, você quer tirar essa opressão do meu peito, eu sei, e eu agradeço, mas não adianta mais, só penso em você, a única coisa que te peço é que acredite que nunca amei ninguém como você".

"Não foi você. Você é surdo? Eu sei quem foi e não foi você. Se alguém passou o vírus para alguém, é mais provável que tenha sido eu e não você. Na verdade, eu sei. Eu sei que não foi você", ela disse.

"Como?", ele disse.

"Sou eu que tenho que pedir desculpas. Fui eu a irresponsável. Mas não tem desculpa mesmo. Usei muita gente.

Você me desculpe. Estou exausta. Você se incomoda se eu parar de falar?", ela disse.

A fotógrafa desceu correndo do táxi e entrou destrambelhada pelo hall do aeroporto. Olhava para todos os lados. Ele tinha que estar ali. Era sua última chance. Não podia perdê-lo. Todo o trabalho iria por água abaixo. Procurava o horário e o portão do vôo para o Rio de Janeiro, quando ouviu um grande burburinho e percebeu um tumulto no centro do hall, no meio de toda aquela gente, à sua direita.

O herdeiro vinha andando com a maleta quando tomou o primeiro tiro. Uma mulher gritou primeiro e começou o tumulto. O primeiro tiro o acertou no ombro e ele deixou a maleta cair no chão. O primeiro tiro foi dado por um dos quatro homens de terno. Membros da seita. Tudo foi muito rápido e inesperado, de forma que o homem que seguia o herdeiro desde Nova York e havia sido contratado pela família mal teve tempo de tirar o revólver de dentro do paletó e foi atingido também. Vendo o tumulto e a gritaria, a fotógrafa se aproximou correndo, tirando a máquina da bolsa a tiracolo e, antes que pudesse ouvir o terceiro tiro, que atingiu o herdeiro no peito, pôde avistar o jornalista que havia surgido do nada, pelo meio da multidão, e corria em direção à cena. Estava paralisada, com a máquina entre as mãos, quando apareceram os policiais. Primeiro uns meros guardas e de repente, sem que pudesse perceber, todo o hall estava tomado por um exército armado de metralhadoras. O herdeiro já estava de joelhos, quando o quarto tiro o atingiu na cabeça. A fotógrafa viu então o jornalista se atirar em cima do corpo para salvá-lo, mas já era tarde, estava cercado pelos assassinos e pelas tropas de segurança.

"*Don't shoot! I have a bomb with me!*", disse o jornalista, com as mãos para cima, segurando a maleta do herdeiro, e antes mesmo que lhe pudesse passar pela cabeça que não devia ter falado em inglês, mas em francês, melhor teria sido em francês, inglês irrita a polícia francesa, os enlouquece, os faz perder a razão, foi metralhado por todos os lados enquanto se ouviam gritos de todos os lados e para ele os guardas gritando agora eram como gente muda e desesperada, porque não ouvia mais nada, de suas bocas não saía mais som, o mundo estava mudo, enquanto gritavam para as pessoas se jogarem no chão, enquanto atiravam, os guardas e os quatro homens de terno, e ele ia caindo naturalmente.

Quando ele gritou com as mãos para o alto e a maleta, a fotógrafa parou, perdeu as forças e o olhou por um segundo sem a câmera, ficou com a câmera pendurada numa das mãos, não sabia, não tinha pensado em momento algum sobre uma bomba, acreditou, foi traída pela câmera, agora queria ver, ficou atônita por um segundo, só por um segundo, porque logo voltou a si e viu o jornalista caindo embora ainda cambaleasse na direção dos guardas, que gritavam também, uma algazarra, e ela só teve tempo de pegar a câmera de novo e começar a fotografar, enquanto eles metralhavam, mas só por um segundo, porque foi logo alvejada e caiu também. Na queda, sua bolsa foi jogada longe e o que estava dentro voou pelos ares. Não só as lentes e os filmes com que vinha registrando a "identidade das coisas", mas também as folhas datilografadas de *Duas guerras*, o texto que o artista havia lhe dado.

Quando ele gritou com as mãos para o alto, a aidética, que tinha encostado afinal a cabeça no banco, no mezanino, ouviu os gritos de longe, e nem chegou a ver gente correndo por todo lado, continuou com os olhos fechados, como quem dorme, quem sonha, disse bem baixo: "*God. My God. Goddamned!*", mas não pelo que acontecia no outro piso, e deixou cair a bolsa, que se abriu também, espalhando o batom, o pó-de-arroz, o lenço perfumado, o frasco de remédios, o maço de cigarros e o isqueiro no chão. Já não respirava quando o homem feio e tolo que tinha sido apaixonado por ela desde a adolescência se ajoelhou ao seu lado, no mesmo instante em que Cristina segurou Guilherme pela mão, depois de tê-lo abraçado, quando começou a rajada de tiros, para protegê-lo, e ao invés de se jogar no chão começou a correr, porque tinha se acostumado, lhe pareceu o mais lógico, sair dali, levando-o com ela na direção das balas.

Quando gritou, o jornalista ouviu sua própria voz e entendeu que ali só podia haver uma injustiça, como tantas outras pelo mundo afora, ia morrer, como aquele homem caído aos seus pés, um homem comum, desarmado, tudo isso passou por sua cabeça numa fração de segundo, entre o grito e as metralhadoras, entre o instante em que começou a correr, logo antes das metralhadoras, para tentar impedir que matassem aquele homem, porque estava imbuído de uma missão, tinha chegado finalmente a ocasião de servir a alguma coisa, que fosse essa a sua causa, usar o poder da persuasão, que fosse só com os olhos, de falar ao fundo da alma dos guardas e lhes dizer só com os olhos como era horrível e errado, porque quando correu na direção dos guardas, para acabar com tudo aquilo, e já estava a poucos metros, um deles virou-se para ele, com a metralhadora nas mãos, e o jornalista só teve tempo de tentar lhe falar com os olhos mesmo, lhe dizer como era horrível, pegar a maleta do homem no chão e gritar o que primeiro lhe veio à cabeça.

Quando ele gritou com os braços para o alto, o mendigo, que passava, olhou para ele, distraído, e o funcionário da embaixada brasileira abriu caminho pelo meio da multidão, jogou-se na multidão, e gritou também, gritou o nome do mendigo, Jorge, que olhou para trás como quem lembra, mas já não via mais nada.

Foi um massacre. Os jornais trouxeram a lista dos mortos. Os guardas cercaram o aeroporto e os corpos caídos ali, todos no chão, esperando identificação: o herdeiro ninguém nunca vai saber por quê; a fotógrafa porque queria ver; a aidética como um passarinho, por causa do coração; os órfãos porque estavam na frente das balas, correram ao invés de se jogarem ao chão, como os outros, onde acabaram de qualquer jeito; um grupo de três críticos de arte, por uma triste coincidência; o mendigo na confusão, assim como o funcionário, tentando salvá-lo; e o jornalista, por engano.

FIM

APÊNDICE

DUAS GUERRAS

Recebi esta tarde a notícia do teu nascimento. Quis tanto ver-te. Fui até o aeroporto mas não tive coragem. Vais crescer sem saber quem sou. Talvez um dia venhas a ler isto. Quando penso em ti e no que te espera, sinto um aperto no peito por não estar perto. Queria tanto acompanhar-te e, no entanto, sei que agora que já recebi a notícia, ri e chorei, devo esquecer-te. Não penses o pior de mim. Mas crê que talvez tudo não seja assim tão terrível, já que estás aqui entre nós, és uma bênção. Talvez tenhas uma missão, e qualquer que ela seja, estarei orgulhoso de ti. Sei que, por mais que tente, nunca te esquecerei. Quando estiveres triste, se porventura alguma vez chegares ao fundo do poço, pensa na história que vou te contar agora e que, mesmo nos piores momentos, quando tudo parece perdido, ainda existe solidariedade entre os homens. Haverá sempre alguém igual a ti em alguma parte do mundo, por mais diferente que fores, alguém que compartilhe os teus sentimentos e o teu senso de justiça. Acredita só nisso para que possas seguir e sobreviver, pois não há outra crença neste mundo que valha a pena.

Tudo começou no dia em que perdi o dedo indicador. Estávamos transportando aquele material quando um dos pacotes explodiu e vi a explosão como se tivesse sido detonada em câmera lenta. Gritei mas não com todas as minhas forças, como se a câmera lenta me permitisse ainda reverter o tempo. Perdi o indicador. Podia ter perdido a mão, o braço, minhas pernas. Não importa. Continuei transportando o material. Era preciso que alguém o fizesse. Agora vou pensar em ti para ter coragem. És mais um incentivo à minha coragem.

Foi no dia em que perdi o indicador que encontrei pela primeira vez aquele homem, no hospital, obedecendo às ordens do médico, como um robô. Ele não era daqui. Notei quando falou. Pelo sotaque, vi que era estrangeiro. Cortaram o que havia sobrado do dedo para evitar a gangrena. Havia resíduos minúsculos do material incrustados dentro da carne. O médico se desculpou por não ter condições de reconstituí-lo. Eu lhe disse para fazer o que fosse necessário. Depois, perguntei de onde vinha o estrangeiro, enquanto ele estava mais afastado, e o médico fingiu que não me ouvia. Olhei para o estrangeiro, que tinha uma estranha expressão de desprendimento e calma no rosto. Foi o que me incomodou, eu acho. Fiquei nervoso — acho que fiquei irritado — e lhe perguntei grosseiramente de onde vinha, como se fosse meu soldado e estivesse sob minhas ordens. "Que vieste fazer aqui?", perguntei. Mas ele não disse nada. "De onde vens?", insisti. E ele respondeu: Do Brasil.

Sabes, filho, por mais que duvides do que te digo — e duvidarás, porque assim tem que ser, assim tem sido há gerações e gerações —, há coisas que não poderás prever e delas virá o melhor e o pior de tua vida. Assim como não pudeste escolher tua família nem teu país. Mas segue acreditando que sim. Pelo menos, até poder encarar de frente a tua verdade, seja ela qual for.

Encontrei aquele homem no dia em que perdi o indicador, e nunca mais o vi, durante quase dois anos. Acho que me esqueci dele, achei que tinha me esquecido. Enganei-me. Sabíamos que eles tinham planos de tomar a cidade durante o verão, depois de terem cortado as comunicações e o abastecimento de comida e água. Nós os esperávamos numa noite modorrenta de fevereiro, daquelas em que não consegues dormir, porque se não é o calor é a umidade, são os mosquitos, e já tínhamos nosso plano de resistência, como explodiríamos a cidade quando estivessem dentro dela, e de fuga, pelo subterrâneo que construímos durante meses. Interceptamos uma mensagem no rádio e achamos que naquela noite eles invadiriam a cidade. Estávamos loucos. Tínhamos nos tornado suicidas, assassinos. Estávamos dispostos a tudo para não perder um posto, não deixar a cidade cair em mãos inimigas. Tínhamos planejado sua explosão sem ao menos nos assegurarmos da evacuação. Muita gente ia morrer ali, com os inimigos. Era inevitável. Pensávamos que o sacrifício valia a pena. Não importavam os meios. Tudo estava preparado naquela noite quando recebemos a notícia de que um estrangeiro tinha se alojado havia uma semana num apartamento vazio, onde cuidava dos doentes e feridos. Saí dali aos berros, fiquei furioso, ninguém entendeu. Que diferença fazia, afinal, um único homem? Tive uma crise. Não sei o que me tomou. Atravessei a cidade deserta num jipe. Fui até aquele prédio semidestruído, subi as escadas pulando os degraus de quatro em quatro e, quando abri a porta do apartamento, ele estava lá. Estava sentado no chão, filho querido, num canto, encostado na parede. Cochilava. Perguntei: "Que vieste fazer aqui?". Acordou assustado. Levantou-se, passou por mim e foi ver os doentes como se eu não estivesse ali. Confortava-os, conversava com eles. Não era médico. Iam morrer de qualquer jeito naquelas condições e eu me perguntava o que aquele homem fazia ali, o que o tinha trazido, o que o tinha feito vir para um país que não era o seu, uma guerra que não era sua, e se nem médico era, quando os morteiros começaram a cruzar o céu estrelado e entendi que estavam invadindo a cidade. Perdemos o momento de explodi-la. Fiquei furioso. Comecei a gritar e, de repente, ele estava diante de mim, me encarava com aqueles olhos, como se tivesse vencido, senti um feitiço, que talvez tivesse vindo para impedir a explosão da cidade. Dei um murro na porta e fui embora, porque não podia ficar, se ficássemos teríamos de nos render, ele sabia, e eu vi naqueles olhos que ele sabia, eram olhos de quem sabia que tinha vencido, e pensei se tinha os mesmos para o inimigo, se encarava assim o inimigo, animal, quase mudo, tive ódio daquele homem, que tinha posto tudo a perder, de mim mesmo, ódio de mim, por estar de alguma forma, uma forma que não entendia, ligado àquele homem.

Mudamos para outra cidade. Aonde íamos, eu o encontrava. Estava em toda parte. Não entendia qual era a guerra dele, pois não era a minha. Demorei muito a entender o que o tinha trazido para cá, para esta guerra. Foi da própria boca dele que ouvi, como ouviam também os doentes, mas bem mais tarde, porque houve outras vezes; na verdade, sem que eu tivesse percebido a princípio, desde aquele dia no hospital quando me amputaram o dedo, estávamos fatalmente ligados. No começo aquilo me enlouqueceu e pouco a pouco fui me resignando, sabia quando ia encontrá-lo, que mais cedo ou mais tarde ia reencontrá-lo. Passamos um bom tempo sem nos falarmos, sempre que esbarrávamos um no outro, ou melhor, para mim era ele que esbarrava em mim, era ele que atravessava o meu caminho, sempre interrompendo alguma coisa, que eu não sabia por quê, filho querido. Encontrávamo-nos e não nos falávamos. Eu perguntava apenas: "Que vieste fazer aqui?". Ele não respondia. Nunca estava no mesmo lugar. Mudava. O que me fazia sempre estar em seus calcanhares, como um trote. Era um trote tudo aquilo na minha vida, nesta minha missão, nossa guerra. Quando menos esperava, ele estava lá, impávido. Por vezes na rua, durante uma trégua, distante, como se me observasse de longe, ou mesmo durante os ataques, estava sempre no lugar errado e eu lhe perguntava, irritado: "Que vieste fazer aqui?".

 Houve um dia, durante o toque de recolher, com as sirenes ecoando por uma cidade do interior, em que vieram me dizer que havia um homem nas ruas, apenas um homem tinha ficado nas ruas depois de resgatar os que tinham se perdido na correria, os que não tinham conseguido achar um abrigo, porque estavam longe de casa, só um homem havia ficado, e procurava mais alguém, uma última pessoa que tivesse tropeçado e caído, torcido o tornozelo, ou até desmaiado na confusão, procurava a última pessoa quando na verdade o último era ele, e quando me disseram eu logo entendi que era ele e saí feito um desembestado pelas ruas, saí fora de mim quando as bombas começaram a cair e tudo o que eu queria era achá-lo. Estava sozinho, no meio de uma avenida, em evidência, como se tivesse recebido a mensagem divina de que era imune, o idiota. Joguei-me em cima dele, gritando, era preciso que entendesse, eu queria que entendesse de uma vez por todas, não sei mais o que gritei, só sei que gritei até ficar rouco e o carreguei dali com as bombas caindo, tentando a esmo achar um abrigo. Não, não é verdade que não me lembre do que gritei. Lembro de alguma coisa. Perguntei: "Que vieste fazer aqui?", perguntei mil vezes, na avenida, enquanto corríamos juntos, perguntei se era louco e quem afinal era ele. Gritei para todos os lados e para a cidade vazia sob o alarde das sirenes, para a amplidão daquela avenida, perguntei com todas as forças quem ele era enquanto corríamos. Eu estava desesperado com aquele homem que só me causava problemas, que parecia uma criança, fazia tudo errado, estava sempre no lugar errado mesmo se fosse por uma boa razão, tenho que concordar, é o que faz o idiota perfeito. Corremos muito, fazendo pequenas pausas aqui e acolá, contando com a sorte para nos desviarmos da rota das bombas, corremos sem parar até que as bombas cessaram, ainda ouvimos uma ou outra na distância, e logo mais nada. Estávamos entre os escombros de um prédio destruído num bombardeio anterior. Respirei fundo e deixei a cabeça cair. Quando olhei de novo para ele — estávamos salvos —, ele me agradeceu e foi a primeira vez que falou desde o hospital.

Foi da própria boca dele que ouvi a história. Ele teve uma tia freira, no Brasil. Era uma mulher que abandonou tudo para se isolar no meio da floresta, na Amazônia. Longe da família, que ela não tinha escolhido, depois que o pai, que ela adorava, morreu. Adorava o pai o tanto que os outros lhe faziam mal, apenas por existirem. Não os odiava. Apenas não tinha escolhido estar ali, não fazia parte daquilo, não os amava, não podia viver com eles. Por isso, um dia foi-se embora e nunca mais voltou. Internou-se num mosteiro no meio do mato, porque associava o resto dos homens aos poucos que conhecia e eram sua família. Ele nunca a tinha visto, porque quando nasceu ela já tinha ido, até que um dia, numa de suas viagens, passou por uma cidade próxima àquela mata e resolveu procurá-la. Por coincidência, achou-a num mau momento, sem que soubesse, às vésperas da morte. Estava internada num hospital onde devia ser submetida a uma operação neurológica da qual não sairia com vida. Já tinha quase oitenta anos e ele ficou espantado ao descobrir aquela mulher, a vivacidade, a sensibilidade, uma força e uma inteligência surpreendentes para quem passou a vida enfurnada numa clausura no meio do mato. Conversaram durante horas. Ela não cessava de contar histórias. Contou que, quando ele devia ter no máximo dois anos, a mãe mandou para ela uma foto dele, a cara grande, e uma outra freira, que tinha enlouquecido na clausura, apaixonou-se pela fotografia. Era uma velha freira alemã, que decidira ir para o Brasil e, de repente, aos setenta anos, perdeu completamente o juízo. Quando tinha crises, as outras lhe mostravam a foto e ela se acalmava olhando para o rosto do menino que nem conhecia. Quando caía em depressão, era ela que pedia a foto e a colocava a seu lado, ficava a observá-la horas a fio. A tia lhe explicou que a velha freira, que agora já estava morta, passou os últimos dez anos de sua vida trancada na enfermaria do mosteiro e que era muito sonhadora. Ela disse que não sabia o que a velha freira via naquele retrato. Ele ouviu a tia contar a história, deitada na cama do hospital, horas antes da operação. De súbito, um vínculo se estabeleceu entre ele e aquela freira louca e velha, que agora estava morta. Ela o amou gratuitamente, e sem o conhecer. Ele queria saber por quê, o que aquela freira havia reconhecido no seu retrato de menino. Aquilo o emocionou e ele deixou escapar uma única pergunta durante toda a história, que ouviu com atenção, uma única pergunta, desatando o nó em sua garganta e a boca seca: Como era o nome dela? A tia respondeu: Elisabeth Schmidt. Ele repetiu na cabeça o nome da mulher louca. Foi embora naquele mesmo dia. Quando telefonou dias depois, na primeira oportunidade que teve, disseram-lhe que a tia tinha morrido na mesa de operação.

  Não se pode dizer que as duas coisas estivessem diretamente ligadas, mas três meses depois ele abandonou a carreira e os negócios e veio para cá. Logo se uniu aos doentes. Foi parar nos hospitais. Depois passou a procurá-los por toda parte, nas ruas primeiro, e mais tarde na mata, no interior do país, nos focos da guerrilha. Ele os levava para hospitais que improvisava em prédios abandonados, quando estava na cidade, e em tendas e clareiras, quando estava na selva. Tratava-os como podia. Tentava confortá-los contando-lhes histórias. Muitos morriam ainda no meio das narrativas. Também ouvia as histórias que tinham para contar, e as transcrevia. Depois as enviava aos familiares como uma recordação do parente morto. Eram filhos, pais, maridos e irmãos. Trazia sempre consigo uma valise com doses de morfina com que costumava sedar seus interlocutores e ouvintes em seus estertores, enquanto estes lhe ditavam as últimas frases de suas vidas.

Essas cenas, que eu vi com os meus próprios olhos, ficaram gravadas na memória. Era um homem estranho, que passou a me perseguir como uma assombração desde o primeiro dia em que o vi, quando perdi o dedo indicador. Éramos um e um, lado a lado, refletidos e inseparáveis, o um reiterado, reafirmação de um e do outro, de um no outro. Era como se estivéssemos destinados a nos encontrar e a partir do primeiro encontro ele a fazer parte de minha vida como um parente ou um duplo. Cheguei a ter sonhos horríveis em que tinha de salvá-lo de incêndios e bombardeios. Salvá-lo era como salvar a mim mesmo. Precisava estar ao lado dele para protegê-lo e, ao mesmo tempo, era ao meu lado que ele corria maior perigo. Não sei por que para mim ele precisava sobreviver. Por anos tinha me acostumado com os horrores da guerra, como um médico aos horrores da doença, raciocinava por uma lógica que pouco tinha a ver com o mundo dos sentimentos individuais. Lutava numa guerra e aos poucos, sem perceber, fui me acostumando a conceber os mortos como elementos naturais daquela situação, meros acidentes de percurso diante de uma causa e um fim. Também sem perceber de início, e sem entender por quê, aquele homem me fez voltar a temer pela morte dos outros, a sofrer insuportavelmente diante da idéia de que os homens estavam morrendo. Fiquei obcecado em protegê-lo. Mesmo à distância, mesmo sem saber onde estava. Tudo o que queria saber era se ainda estava vivo. Tinha pesadelos em que acordava banhado em suor depois de receber um soldado que vinha me anunciar a morte de um louco que tratava sozinho dos doentes no meio da mata e havia pisado numa mina. O soldado me perguntava o que fazer com o corpo. Eu não sabia responder.

Nunca soube ao certo o que estava fazendo aqui. Pode te parecer horrível, mas no início esta guerra serviu para mim como um sentido. Havia uma razão em lutar que se perdeu em meio às atrocidades e à insensibilidade que és obrigado a desenvolver diante delas para que sobrevivas. Por isso, a entrada desse homem em minha vida não deixa de me parecer um primeiro sinal de fraqueza, com a humanidade que me fez voltar a sentir. Numa guerra como esta, não podes pensar em ninguém, só em ti, não podes sofrer ou te preocupar com ninguém. Tens que ter a garantia de que os que amaste ou ainda amas estão a salvo, distante dos horrores. De outro modo, não consegues lutar. Minha preocupação com a sobrevivência daquele homem que eu mal conhecia e que me perseguia em pensamento ou em sonho, que eu encontrava nos piores momentos e lugares, quando tudo estava explodindo, sob uma rajada de balas, e ele me pedia para salvar seus doentes ou nem isso, apenas me olhava e me ordenava coisas práticas, como levantar a perna de um, a cabeça de outro, colocá-los numa maca ou tirá-los dali correndo, ordens que aprendi a obedecer sem questionar, como a um superior, enfim, minha preocupação com aquele homem teve efeitos drásticos logo na que seria a pior de todas as batalhas.

    Quando comecei a lutar — e ainda era um adolescente franzino — havíamos tomado uma pequena aldeia a quinhentos quilômetros da capital, para dentro da selva, e me mandaram para lá, porque precisavam de jovens que fizessem os turnos noturnos da guarda. Na quarta noite, quando já corria o boato de que estávamos perdendo o controle da região, deixaram-me lá, numa das saídas escuras da aldeia, e me disseram que, assim que nascesse o sol, eu devia voltar para o quartel-general, que ficava do outro lado, porque tinham decidido explodir tudo e que um minuto de atraso poderia significar a minha morte. Estava exausto e dormi. Quando acordei, o sol já tinha nascido. Fiquei desesperado. Corri pelas ruas da aldeia arrastando a minha mochila, mas o nervosismo esvaía minhas forças. Tropecei e caí. Comecei a chorar. Achei que ia morrer. Um casal de jovens, podiam ser irmãos, viu-me daquele jeito e se aproximou. Sem dizerem uma única palavra, eles me levantaram pelos braços e, segurando cada um uma das alças da mochila, acompanharam-me até onde estavam meus superiores, no meio da selva, porque abandonaram a aldeia sem mim; eu havia me atrasado e eles, para minha sorte, desistido de explodi-la. Os dois jovens me acompanharam, ajudaram-me com a mochila que, pelo nervosismo, já não era capaz de carregar sozinho, porque sabiam onde estavam os meus, sem dizer uma palavra. Não falávamos a mesma língua. Éramos inimigos. Se tivessem explodido a aldeia como pretendiam, aqueles dois também teriam morrido. Mas só pensei nisso quando já tinham ido embora, voltado para a aldeia onde moravam e que tínhamos invadido e pensado em explodir. Foram-se embora sem dizer uma palavra também. Ajudaram-me a encontrar os meus. Entregaram-me aos meus. Tive que esquecer aqueles dois todas as vezes em que, nos anos seguintes, destruímos cidades inteiras, incendiamos casebres, atiramos ao léu. Mas desde que esse homem cruzou meu caminho lembrei daquele casal de jovens, até cruzar um dia, de caminhão, por acaso, a mesma aldeia totalmente destruída, onde não havia sobrado ninguém, e reconhecer o mesmo lugar onde tinham me ajudado com a mochila, quando achei que ia morrer, porque tinha dormido, perdido a hora, e eles iam explodir tudo. Enquanto me ajudavam, eu não lhes disse que precisavam sair dali. Eu ainda não sabia que tinham desistido de explodir a aldeia. Não disse nada — porque não falávamos a mesma língua — àqueles dois que me ajudavam. Fui covarde, vil. Quando vi a aldeia destruída e lembrei do casal de jovens, pensei de novo naquele homem e temi tanto à distância por sua segurança. Achei que estivesse perdendo a razão. Desviei a rota só para salvá-lo de um perigo que nem sei se corria. Bastava a idéia de que estivesse correndo perigo (e, para isso, em minha mente angustiada, bastava que estivesse vivo). Não queria mais saber de onde ele tinha surgido, ou que homem era aquele, mas apenas estar ao lado dele, como um escudo. Para mim, ele era agora aquele que teria falado a língua do casal de jovens, teria falado qualquer língua, se fosse preciso, só para preveni-los do massacre. Ele era aquele que, se pudesse voltar tudo atrás, eu teria sido também.

A última batalha aconteceu depois desse episódio, depois de ter passado por acaso pela aldeia destruída. Fomos pegos de emboscada. A violência deste mundo é inimaginável e seria obsceno descrevê-la. Um desrespeito às vítimas, porque nada pode reproduzi-la, nada pode equiparar-se a ela. Vimos de tudo. Homens saqueando casas e matando a sangue-frio famílias inteiras. Eles atacaram à noite e às onze da manhã ainda resistíamos, embora nossas forças minguassem a olhos vistos. Entendemos a certa altura que tínhamos perdido e era preciso abandonar tudo. Batemos em retirada. Eu ia na retaguarda para protegê-lo, servir de escudo, enquanto ele e uma equipe de enfermeiras levavam os doentes na frente. Eles já tinham tomado a pista de pouso. Tínhamos que escapar pelas estradas, para o meio da mata. Corríamos para os caminhões, meu filho. Mas de repente vi que ele tinha parado. Perguntei-lhe o que havia, mas não me respondeu. Tinha os olhos parados no infinito e os ouvidos atentos. Ouvira uma voz. Tentei dissuadi-lo, agarrei-o pelo braço, mas ele se libertou de mim, gritou comigo, berrou com todas as forças e avançou de volta para as casas. Perdera o senso do perigo. Estava cego. Avançava na direção do inimigo, com os ouvidos atentos para a voz que ouvira. Gritei para ele. Não me ouvia mais. Avançava cada vez mais rápido agora, como se ouvisse. Corri atrás dele e, de repente, ouvi também aquela voz. Ele corria. Corri atrás. Os tiros podiam vir de qualquer parte. Entrávamos no centro do perigo, pelo labirinto, as ruelas de terra entre os casebres abandonados. Ouvíamos perfeitamente. Aproximávamo-nos. Ele ia cada vez mais rápido. Desapareceu por um segundo numa esquina e quando o vi tinha um menino cego nos braços. A família do menino tinha morrido durante o ataque. Ele gritava havia horas, encolhido num canto da casa. Não chorava. Apenas chamava. Não podia ver os corpos de sua família caídos do lado de fora, manchados de terra. Não disse nada quando o encontramos. Nunca saberei se gritava para ser salvo ou para que o matassem também. Saímos correndo dali. Tínhamos perdido os outros. Já não podíamos voltar pelo mesmo caminho. Havia soldados inimigos emboscados pela ruela que nos tinha levado até o casebre. Achei que podia sair pelo outro lado. Só queria protegê-lo. Ele correu com o menino nos braços para dentro da mata — nossa única salvação àquela altura —, para dentro da mata e eu a protegê-lo, na retaguarda, até que começaram os tiros. Vinham de toda parte e de lugar algum. Gritei para ele. Devia correr sem parar, para dentro da mata, com o menino cego nos braços. Fiquei ali, atirando a esmo, para protegê-lo. Se continuasse correndo, chegaria à estrada em dez minutos e a estrada ainda era nossa. Fiquei ali para que pudesse chegar à estrada. Atirei para todos os lados. Não os via. Estavam tão próximos. Sabia que não poderia agüentar mais. Comecei a correr também. Mas já era tarde. Não via mais. Não podia olhar para trás. Comecei a correr e eles atrás de mim, comecei a correr pelo charco ao pé das árvores, afundando os pés no lodo, nos esgotos, nos detritos da aldeia, até ouvir os tiros tão próximos e começar a contá-los enquanto corria e eles atiravam, ia contar até cinqüenta, os tiros eram contra mim, esqueci o fedor e a lama, esqueci aquele calor, que me afundava a vida ainda mais e, de repente, não afundava mais, o fedor tinha acabado, e o calor, correr era a minha liberdade, vi um bosque com árvores tão altas, por onde entrei correndo, em ziguezague, e senti a brisa fria no meu rosto, o ar puro e cheiroso, porque em volta do bosque havia um campo de flores, até o horizonte, como eu nunca tinha visto, enquanto atiravam em mim o quadragésimo nono tiro e eu contava.

Acho que pudeste ter, com este relato, uma idéia de quem fui, do pai que tiveste. Vou morrer. Serei teu filho e tu serás meu filho até que eu seja teu filho de novo. Delirava. E quando eu já estava para morrer olhei para o lado e ele ainda estava lá. Estava condenado, eu achei. Não morreria, eu achei. Só tinha mais uma pergunta a fazer a ele. A única pergunta. Perguntei-lhe: "Que vieste fazer aqui?". Precisava da resposta. Era tudo o que eu queria. E ele disse apenas: Eu também vou morrer. Fechei os olhos. Pensei: Mas enquanto não morrer, estará condenado a acompanhar os moribundos e a anunciar aos familiares a morte dos entes queridos. Por isso, meu filho, este que te escreve agora não sou mais eu, mas este homem de quem te falei e a quem contei primeiro esta história, que era minha e dele.

179

1ª EDIÇÃO [1995] 3 reimpressões

ESTA OBRA FOI COMPOSTA PELA HELVÉTICA EDITORIAL EM GARAMOND
LIGHT E IMPRESSA PELA GEOGRÁFICA EM OFSETE SOBRE PAPEL PÓLEN SOFT
DA SUZANO BAHIA SUL PARA A EDITORA SCHWARCZ EM JANEIRO DE 2006